Nour et les Ombres
L'Autre Monde

Robin Reed
Nour et les Ombres

Fantasy

En application de l'art. L.137-2.-I. du code de la propriété intellectuelle, toute reproduction et/ou divulgation de parties de l'œuvre dépassant le volume prévu par la loi est expressément interdite.

© Robin Reed, 2024

Édition : BoD · Books on Demand GmbH, In de Tarpen 42, 22848 Norderstedt (Allemagne)
Impression : Libri Plureos GmbH, Friedensallee 273, 22763 Hambourg (Allemagne)

Impression à la demande
ISBN : 978-2-3225-5457-7
Dépôt légal : Août 2024

Pour mes parents, mon frère et mes sœurs

Prologue

IL Y A CINQUANTE ANS, Sathona était un havre de paix idyllique, où l'Empire d'Okara et les royaumes voisins vivaient dans une prospérité sans pareille. En ce temps béni, un jeune homme nommé Tadmir se distinguait par son intellect hors du commun et sa mémoire prodigieuse. Son talent l'amena à briller au sein de la Guilde des Scientifiques, où il gravit rapidement les échelons jusqu'au poste de vice-président de l'Ordre du Savoir, des Connaissances et de la Culture. Ses expériences et ses découvertes lui valurent une renommée qui dépassait les frontières.

Hélas, l'ivresse du succès corrompit Tadmir. Son orgueil démesuré et sa soif insatiable de pouvoir l'entraînèrent vers des expériences périlleuses aux desseins maléfiques. La Guilde, alarmée par ses dérives, le menaça d'exclusion. Aveuglé par sa rage et sa mégalomanie, Tadmir ignora les avertissements et s'enfonça résolument sur la voie du mal, ce qui lui valut le bannissement.

Animé par la haine et la vengeance, Tadmir, désormais le Félon, déchaîna une armée de créatures destructrices sur le continent. Mais ses propres soldats, menés par une guerrière impitoyable nommée

Samara, assoiffée de vengeance contre leur ancien maître, se retournèrent contre lui.

C'est alors qu'un jeune homme ordinaire, Mâlik, fut choisi par une épée légendaire, Asîfa, pour repousser les Ombres. Au terme d'un combat titanesque, il parvint à sceller la Reine des Ombres dans les profondeurs, ramenant ainsi la paix sur Sathona. Mâlik, acclamé comme un héros, fut couronné empereur et donna naissance à un fils, Aswâd.

Mais le destin, cruel et capricieux, frappa à nouveau. La jalousie d'un ami perfide entraîna la libération de la Reine des Ombres et de ses armées, replongeant l'Empire dans les affres de l'obscurité. Malgré son courage sans bornes, Mâlik périt, et son peuple fut réduit en esclavage par les Ombres.

Depuis ce jour, l'Empire d'Okara gît sous le joug tyrannique des Ombres, tandis que l'Épée Asîfa attend patiemment sous les eaux, gisant dans l'oubli, prête à resurgir pour armer un nouveau héros et ramener la lumière sur Sathona.

Chapitre 1

UN VENDREDI SOIR, Nour était tranquillement installée sur le canapé, en prenant soin de ne pas renverser le bol de pop-corn qu'elle tenait précieusement entre ses mains. La soirée s'annonçait palpitante et pleine de rebondissements. Sa mère avait choisi de projeter un film d'horreur bien que Nour ne soit pas vraiment fan de ce genre. Pendant ce temps, son grand frère Isaac était au travail à la station-service et son père rentrait sous une pluie battante, qui s'était peu à peu transformée en un bel orage électrique.

Alors que toute la famille était réunie devant la télévision, un éclair frappa le paratonnerre, plongeant brusquement la maison dans l'obscurité. « Oh zut ! s'exclama la mère de Nour. Ne bougez pas, je vais chercher des bougies.

- Je t'accompagne, « ajouta le père de la jeune fille.

Les deux partirent à la recherche de bougies, laissant Nour seule sur le canapé, plongée dans une obscurité terrifiante. En effet, Nour avait une peur bleue du noir. Elle tenta de se rassurer en se disant que tout allait bien se passer, mais sans succès. Incapable de faire le moindre mouvement, elle espérait simplement que la lumière reviendrait rapidement.

Soudain, quelqu'un toqua à la porte. Nour ouvrit prudemment et découvrit Isaac, trempé jusqu'aux os par la pluie battante, son sac à dos lourdement chargé sur une épaule. « Isaac, s'écria Nour. Tu es rentré ! Ne reste pas dehors par ce temps, tu vas attraper froid. » La joie de retrouver son frère la soulagea un instant de sa peur de l'obscurité qui régnait toujours autour d'elle. Mais ce dernier ne répondit pas. « Isaac ? » Nour s'approcha pour le tirer à l'intérieur de la maison, mais sa main passa au travers du bras de son frère. Elle ne put réprimer un cri d'horreur. Isaac tendit les bras pour l'attraper, mais la jeune fille recula, et repartit en sens inverse dans le salon. Dans sa course, elle se prit les pieds dans un câble électrique et se cogna la tête sur la table basse. À moitié assommée, Nour regarda la chose qui n'était pas son frère s'approcher, de plus en plus près, jusqu'à ce qu'elle puisse apercevoir son corps en détail malgré l'obscurité. La créature n'était qu'un amas d'ombres et de fumée mélangées entre elles. Elle avait la forme d'un homme, mais son visage était invisible. *Cette chose n'a pas de visage !* pensa Nour, horrifiée. Elle hurla, et ses parents accoururent immédiatement. Aussitôt, la lumière revint. « Que se passe-t-il Nour ? Tu t'es fait mal ?

- Je vais bien. Quelque chose de bizarre est arrivé.

- Raconte-nous, dit sa mère. »

Une fois qu'elle eut terminé son récit, ses parents restèrent silencieux et se jetèrent des coups d'œil perplexes. « C'est sûrement un cauchemar, ma chérie. Tu as dû rêver éveillée, dit son père d'une voix rassurante.

- Mais c'était si réel, papa ! Je te jure que c'était bien Isaac, mais ce n'était pas lui en même temps. Comment expliques-tu ça ? insista Nour, les larmes aux yeux. »

Sa mère prit les mains de sa fille dans les siennes et dit d'une voix douce : » Parfois, notre esprit joue des tours, ma chérie. Tu as probablement eu une hallucination. » Nour haussa les épaules, se sentant incomprise. Pourtant, elle savait au fond d'elle-même que ce qu'elle avait vu n'était pas le fruit de son imagination. Mais elle préféra garder le silence, consciente que ses parents ne la croiraient pas.

Le lendemain matin, Nour ouvrit les yeux et se rendit immédiatement compte que quelque chose n'allait pas. Des douleurs lancinantes parcouraient son corps, la laissant groggy et fatiguée. C'était un lundi matin, jour d'école, et elle ressentait une immense réticence à quitter son lit douillet. Malgré tout, elle se força à se lever avec précaution, sentant chaque muscle la tirer et protester contre le mouvement.

En descendant dans la cuisine, elle fut surprise de voir sa mère attablée, l'air sombre et fatigué. Son cœur se serra en voyant ainsi sa mère, habituellement si énergique et pleine de vie. » Maman, ça ne va pas ? Tu as l'air épuisée. » s'inquiéta-t-elle. La réponse de sa mère, bien que souriante, ne parvint pas à dissiper les inquiétudes de Nour. » Ah, Nour, je m'apprêtais à te chercher. Ton frère dort encore et ton père est parti travailler. Ne t'inquiète pas, je suis juste un peu fatiguée » fit-elle en tentant de rassurer sa fille.

Se laissant tomber sur une chaise, Nour prit une gorgée de son jus d'orange, l'estomac noué par une anxiété grandissante. Devait-elle parler à sa mère de la situation troublante de la veille, quand une entité mystérieuse avait tenté de l'enlever ? Elle savait pertinemment que sa mère ne croirait probablement pas son récit, mais elle ressentait le besoin impérieux de partager ce lourd secret. » Maman ? » débuta-t-elle timidement. Sa mère l'interrompit avant même qu'elle puisse poursuivre. » Oui, Nour ? », répondit-elle avec douceur.

Rassemblant son courage, Nour tenta d'exprimer ses doutes et peurs à voix haute. » Te souviens-tu d'hier soir, quand...quand quelque chose a essayé de m'enlever ? » Sa mère, le visage fermé, répondit avec une pointe de lassitude : » Oh, Nour, tu sais bien que je ne crois pas à ces histoires. C'était probablement ton imagination qui te jouait des tours à cause de l'obscurité. » Malgré la réticence de sa mère, Nour se sentait obligée de continuer. » Mais maman, c'était réel, je l'ai vraiment vue, je... » Sa mère l'interrompit brusquement, l'air désapprobateur. » Bon, Nour, ça suffit maintenant ! Termine ton petit-déjeuner et prépare-toi. Nous avons tous nos responsabilités à assumer, inutile de s'égarer dans des histoires fantaisistes. » décréta-t-elle d'un ton ferme.

Nour baissa les yeux, sentant les larmes monter. Elle se sentait incomprise, isolée avec ses secrets et ses doutes. Respirant profondément pour calmer ses émotions tumultueuses, elle termina son petit-déjeuner en silence, son esprit tourmenté par les événements étranges de la nuit dernière. Une boule d'angoisse s'était nichée au creux de son estomac, et même si sa mère ne voulait pas écouter, elle devait trouver un moyen de résoudre ce mystère qui pesait sur son esprit. Le foyer silencieux résonnait de son malaise, et

Nour n'avait qu'une envie : trouver des réponses à ses questions, même si cela signifiait affronter seule l'obscurité menaçante qui semblait l'entourer.

En se rendant dans la salle de bain, Nour laissa son esprit vagabonder, encore hanté par les événements de la veille. Sa mère avait émis l'hypothèse que ce qu'elle avait vu n'était qu'une hallucination, une simple illusion causée par l'obscurité et le bruit assourdissant de l'orage. Pourtant, les images effrayantes qui avaient envahi son esprit semblaient réelles, trop réelles pour n'être que le fruit de son imagination.

Alors qu'elle se brossait les dents machinalement, une boule d'angoisse se forma dans son ventre. Elle se demanda si elle avait réellement été confrontée à quelque chose de surnaturel, quelque chose qui dépassait sa compréhension. La peur qui l'avait saisie la veille était toujours présente, tapie au creux de son être, prête à ressurgir à tout moment.

Nour s'efforça de chasser ces pensées noires de son esprit. Elle se persuada que ce n'était rien d'autre qu'une manifestation de sa fatigue et de sa peur, une réaction naturelle à une situation stressante. Ce n'était pas possible que ce soit réel, n'est-ce pas ? Elle se répéta cette question plusieurs fois, comme pour se convaincre de sa propre affirmation. Et pourtant, malgré ses efforts pour se rassurer, une part d'elle était toujours sceptique, toujours inquiète. Elle avait beau se dire que tout cela n'était qu'une illusion, une part d'elle-même craignait que la vérité soit bien plus sombre et inquiétante. Nour savait que cette journée ne serait pas comme les autres, que quelque chose avait changé en elle depuis cette nuit d'orage. Et elle savait aussi qu'elle devrait trouver des réponses à ses questions, coûte que coûte.

À son arrivée à l'école, Nour aperçut ses amies, Zahra et Yasmina. Elles semblaient être en pleine dispute, Zahra faisant de grands gestes avec ses bras tandis que Yasmina rougissait de frustration. En s'approchant d'elles, Nour entendit des morceaux de leur conversation animée :

« Je te dis que c'est impossible ! Comment as-tu pu voir et toucher une ombre ?

- Parce que je l'ai fait ! Et tu ne sais pas tout, maligne !

- Tu racontes n'importe quoi ! Comment veux-tu que je te croie ?»

Intriguée, Nour demanda : « Eh, les filles, qu'est-ce qui se passe ?» Les deux se retournèrent simultanément, et Yasmina l'interpella en la tirant par le bras. « Ah, te voilà enfin ! Tu vas pouvoir nous aider à régler notre différend. « Yasmina était furieuse, son visage se crispant tel un sanglier enragé. Elle détestait qu'on le lui fasse remarquer, mais en réalité, elle était une personne très aimable et dynamique. Ses cheveux roux sombre brillaient sous la lumière du soleil, ses boucles d'oreilles en or encadrait son visage pâle aux pommettes délicates et aux yeux vert émeraude. Zahra, quant à elle, avait une peau mate héritée de ses origines espagnoles, ses cheveux brun foncé encadrant des yeux marron clair pleins de gentillesse. Son visage était orné d'un grain de beauté sous l'œil droit, son nez fin et allongé donnant à son sourire charmeur une touche de grâce.

Malgré leurs différences, Nour adorait ses amies et savait qu'elles avaient toutes les deux des cœurs d'or.

Elle se préparait à les aider à résoudre leur querelle, en espérant pouvoir ramener la paix entre elles. « Bon, exposons-lui le problème, dit-elle à son amie. Mlle Yasmina ici présente prétend avoir vu et touché une ombre hier soir, qui serait venue soi-disant l'enlever, mais qu'elle a frappée avec la batte de baseball de son père, et que l'ombre s'est enfuie. «

Yasmina acquiesça, son air choqué trahissant encore un semblant de peur. « Oh ! Toi aussi, tu as été attaquée par une ombre ? s'écria Nour, les yeux écarquillés de stupeur.

- J'ai vécu la même chose hier soir, mais elle s'est évaporée en un nuage de fumée. Je pensais que ce n'était qu'une hallucination, expliqua Zahra, son visage pâle marqué par l'incrédulité.

- Tout cela est bien étrange «, murmura Nour, une lueur d'inquiétude apparaissant dans ses yeux.

- Tu vois, répliqua Yasmina à Zahra après que celle-ci lui ait lancé un regard noir. J'avais raison ! Maintenant, allez savoir pourquoi ces ombres ont voulu nous enlever. «

Les trois filles échangèrent un regard perplexe, essayant de démêler le mystère qui planait autour de ces apparitions étranges. « Honnêtement, je n'en ai aucune idée «, conclut Nour, soufflant de frustration.

Mais alors que la cloche résonnait dans la cour, annonçant la fin de la récréation, les trois amies se séparèrent en courant vers leur classe, laissant derrière elles un sentiment d'inquiétude et de curiosité qui ne les quitterait pas de sitôt.

Chapitre 2

LA JOURNÉE DE NOUR commença comme toutes les autres, avec son lot de cours et d'activités habituelles. Rien de bien excitant, jusque-là. C'est en rentrant chez elle qu'elle commença à ressentir une étrange inquiétude. D'abord, le silence pesant qui régnait dans la maison l'alerta. Normalement, à cette heure-ci, elle aurait dû entendre son frère parler au téléphone ou sa mère en train de gérer ses affaires de chef d'entreprise. Mais là, rien, juste un silence oppressant. En pénétrant dans la maison, Nour constata un véritable chaos. Les meubles étaient renversés, les armoires étaient ouvertes, laissant échapper leurs contenus éparpillés. Une montée d'adrénaline la saisit et elle monta rapidement les escaliers, craignant le pire.

Arrivée devant la chambre de ses parents, elle se prépara mentalement à affronter un éventuel intrus. Mais à sa grande surprise, la pièce était vide. Intriguée, elle poursuivit sa quête et remarqua de la lumière provenant du grenier. Elle prit son courage à deux mains et s'y aventura. Et là, elle fut frappée par une vision étrange : un vieux miroir, recouvert de poussière, émettait une lueur mystérieuse.

Nour s'approcha, fascinée, se demandant si elle avait bien vu. Elle toucha la glace, incrédule, et réalisa que sa main passait à travers. Prise d'une curiosité mêlée de terreur, elle décida de passer la tête à l'intérieur. Et là, ce fut le choc : elle se retrouva face à un désert aride, parsemé de cactus et de buissons desséchés. La chaleur était écrasante, et la terre semblait prête à s'enflammer. Un monde parallèle, complètement différent de tout ce qu'elle connaissait.

Bouleversée, Nour restait là, médusée, ne réalisant pas ce qui lui arrivait. Elle venait de découvrir un secret incroyable, qui allait bousculer toute sa perception de la réalité. Une aventure extraordinaire s'annonçait pour elle, et elle savait que sa vie ne serait plus jamais la même.

Le choc passant, une autre vision se dessina dans le miroir. Les visages de ses proches, emprisonnés dans une cellule sombre, l'immobilisèrent. Elle tenta de les appeler en vain, incapable de les rejoindre. Puis, un visage inconnu apparut, celui d'une jeune fille aux cheveux bleu électrique sales et aux yeux tristes. Une vague de compassion et de chaleur l'envahit alors qu'elle touchait du bout des doigts la surface du miroir. La fille lui offrit un sourire timide, comme un pont entre deux mondes. Nour sentit une connexion puissante se créer entre elles, une émotion indescriptible qui ébranlait ses certitudes. La vision s'évanouit, laissant Nour face à ce miroir mystérieux, avec la certitude que plus rien ne serait jamais pareil.

Nour redescendit dans le salon, où le chaos régnait. Les affaires étaient éparpillées partout et elle se sentait dépassée par tout ce désordre. Elle décida de ranger un peu avant de s'attaquer au reste de la maison. Mais son rythme était lent, la fatigue commençait à se faire sentir. Soudain, le téléphone de la maison se mit à sonner. Nour décrocha et fut surprise d'entendre la voix paniquée de son amie Zahra à l'autre bout du fil. Sa maison avait été ravagée, sa famille avait disparu. Nour était choquée par la nouvelle, mais tentait de rester calme pour rassurer son amie. Elle l'invita à venir chez elle et lui assura qu'elles trouveraient une solution ensemble. Quelques minutes plus tard, Zahra et Yasmina étaient devant sa porte. Nour les laissa entrer et elles s'installèrent au salon. Zahra était en plein désarroi, ne sachant plus vers qui se tourner. Yasmina, quant à elle, était en colère et voulait trouver rapidement une solution à ce mystère. Nour servit des gâteaux pour calmer l'atmosphère et Zahra commença à raconter ce qu'il s'était passé. Nour proposa alors d'appeler la police, mais Zahra était persuadée que cela ne servirait à rien. Elle était convaincue que le ravisseur était déjà loin et qu'elles n'avaient aucune preuve pour étayer leur histoire. La tension monta entre les amies et des mots durs furent échangés.

Face à l'incrédulité de Zahra et au scepticisme de Yasmina, Nour prit une décision audacieuse. «Je sais comment on peut peut-être résoudre ce problème,» annonça-t-elle, sa voix tremblant légèrement sous le poids de l'incertitude. «Suivez-moi.»

Les deux amies la regardèrent, perplexes. Yasmina haussa un sourcil, visiblement impatiente. Zahra, cependant, avait un soupçon d'espoir dans les yeux. Elles se levèrent et suivirent Nour à contrecœur, la curiosité et la suspicion se mêlant sur leurs visages.

Nour les guida à travers le salon en désordre et monta les escaliers grinçants qui menaient au grenier. L'air y était poussiéreux et chargé d'une étrange sensation d'attente. En pénétrant dans la pièce, Zahra et

Yasmina furent frappées par le silence pesant qui régnait. Mais ce qui les fit vraiment sursauter, ce fut l'absence totale du miroir.

À l'endroit où Nour l'avait vu, il n'y avait plus rien qu'un drap poussiéreux, retombant lourdement sur le cadre vide. L'incrédulité se peignit sur le visage de Zahra. La colère de Yasmina s'enflamma.

«Qu'est-ce que c'est que ce spectacle ?» s'écria Yasmina, accusant du regard Nour. «Tu nous as fait monter ici pour quoi ? Pour nous montrer un morceau de mur ?»

Nour recula, blessée par le ton cinglant de son amie. «Non, je... Le miroir était là, je vous jure ! Je l'ai vu, c'était un vieux miroir poussiéreux qui émettait une lumière...» Sa voix s'éteignit, incapable de surmonter la barrière du doute et de l'incrédulité qui se dressait devant elle.

Zahra posa une main sur l'épaule de Nour. «Je te crois, Nour,» murmura-t-elle doucement. «Je pense qu'il se passe quelque chose d'étrange ici, quelque chose qui dépasse notre entendement.»

Yasmina fronça les sourcils. «Étrange ? Dites plutôt complètement ridicule,» marmonna-t-elle, mais son ton avait perdu de sa virulence. Le regard fixé sur le cadre vide du miroir, elle ne put s'empêcher de ressentir un frisson d'inquiétude.

Soudain, un bruit sourd se fit entendre en provenance d'un coin sombre du grenier. Un vent froid souffla, et une inscription lumineuse apparut sur le mur, juste au-dessus de l'endroit où se tenait le miroir disparu. Les lettres, d'un bleu électrique étrange, semblaient flotter dans l'air, formant un message énigmatique : « Le portail est ouvert. Le choix vous appartient. »

Les trois amies se figèrent, le souffle coupé. La réalité venait de basculer d'une manière qu'elles n'auraient jamais imaginée. Le mystère du miroir disparu et l'inscription magique les propulsaient au cœur d'une aventure dont elles ignoraient encore les tenants et les aboutissants.

Un regard lourd de sens s'échangea entre elles. Nour savait qu'elle ne pouvait pas faire face à cela seule. Zahra, malgré son scepticisme initial, semblait prête à la soutenir. Quant à Yasmina, la peur et la curiosité se battaient dans ses yeux.

« On fait quoi maintenant ? » demanda-t-elle, sa voix à peine audible. Zahra prit une profonde inspiration. « Vous savez… Avant de vous rencontrer j'ai souvent été seule. Comme vous le savez, je viens d'Espagne. Et la vie n'a pas toujours été douce avec moi. J'ai perdu mon frère et ma grand-mère toute petite. Au début, je trouvais cela bien d'avoir mes parents pour moi toute seule même si je regrette mon frère du plus profond de mon cœur. Pourtant, mes parents travaillaient encore plus qu'aujourd'hui à l'époque. Et ma maladie n'a fait que m'ancrer encore plus dans ma solitude sans que je m'en rende compte. » Elle renifla un peu et s'essuya les yeux. Sa voix tremblait. « Je pensais que je n'étais pas seule car ils m'offraient tout ce que je voulais. Mais j'ai fini par prendre conscience de ce que je vivais. Je savais que j'étais seule, mais pas vraiment, car quoi qu'il en coûte je savais que mes parents prendraient toujours soin de moi. Et maintenant qu'ils ont disparu… Je… Je ne… » Elle s'effondra sur le sol, en larmes. « J'ai tellement peur qu'il leur soit arrivé malheur ! S'ils meurent, je serais toute seule pour toujours ! » Nour et Yasmina l'entourèrent. « Ne pleure pas, chuchota Nour. Nous sommes là avec toi. Je te promets que nous retrouverons tes parents et les nôtres. Ne t'en fais pas.

- Mais oui ! ajouta Yasmina. Et puis, s'ils sont aussi coriaces et collants que toi, ça m'étonnerait qu'ils ne survivent pas. »

Nour lança un regard noir à son amie. « Ce n'est vraiment pas le moment de dire ça !

- Laisse, souffla Zahra. Pleurer m'a fait du bien et les paroles de Yasmina aussi. Vous avez raison. Nous allons les retrouver.

Nour acquiesça silencieusement incapable de répondre. Les sanglots lui nouaient la gorge elle aussi. Mais elle se devait d'être forte, pour ses amies, pour ses parents et pour elle-même. « Donc, que faisons-nous ? » demanda Yasmina. Nour prit une profonde inspiration. « Découvrir coûte que coûte ce qui est arrivé à nos familles et tout faire pour les ramener. »

Chapitre 3

NOUR se retrouva plongée dans un rêve extraordinaire, un endroit fantastique où cohabitaient des créatures étranges et des êtres humains. Une grande prairie s'étendait devant elle, l'herbe était d'un violet éclatant avec des fleurs jaunes et blanches éparpillées çà et là. De doux papillons multicolores volaient gracieusement dans les airs. Une brise légère caressait son visage, le soleil brillait de mille feux et le ciel était d'un bleu azur magnifique. Elle ne pouvait s'empêcher de penser à quel point cet endroit était incroyable.

Soudain, la tranquillité de ce paysage idyllique fut brusquement perturbée par l'arrivée d'un énorme nuage noir menaçant. Des cris et des hurlements terrifiants en émanaient, semblables à des hurlements de loups, mais bien plus effroyables. Ce monstre sinistre était pourvu de tentacules et de piques acérées qui s'abattaient implacablement sur les malheureuses créatures se trouvant sur son chemin. Une bouche pleine de dents inquiétantes se dessinait dans ce nuage effrayant. Des formes étranges flottaient autour de lui tels des fantômes en colère, prononçant des paroles incompréhensibles. Leurs yeux rouges et ternes ainsi que leur aura sombre les rendaient encore plus menaçants.

Nour se sentait horrifiée et pétrifiée face à cette vision terrifiante. Prise de panique, elle se mit à courir dans une direction opposée, évitant de justesse les autres créatures tentant également de fuir. Malheureusement, beaucoup d'entre elles furent soit piétinées, soit anéanties par l'ennemi. Des corps gisaient sur le sol, des loups et des humains s'ajoutant à ce macabre tableau. Puis, la nuée cauchemardesque l'engloutit entièrement. Nour se retrouva nez à nez avec l'une de ces créatures sinistres, une entité imposante tenant un sceptre orné d'une couronne noire incrustée de rubis acérés. Lorsque la créature prononça un seul mot, le visage de Nour se décomposa de terreur : « Toi, la fille. «

Elle crut perdre connaissance lorsque le sceptre s'abattit sur elle, mais une lumière chaude et puissante jaillit de son corps. Chaque créature touchée par cette lumière maléfique disparaissait dans un dernier cri d'agonie. Finalement, la créature elle-même fut vaincue et disparut dans un accès de rage impuissante.

Soudain, la vision s'évanouit, laissant Nour dans un état de confusion totale.

Elle se leva en sursaut, transpirante, et se précipita dans la cuisine pour prendre son petit-déjeuner. La nuit avait été perturbante, son appétit en était affecté. La créature du rêve lui avait parlé, elle en était sûre, c'était une ombre. Le ravisseur de ses parents était identifié, mais où se trouvait-il ? Nour fit le lien entre le miroir mystérieux vers un autre monde, son rêve étrange et son enlèvement. Tout concordait. L'ombre venait sûrement de l'autre côté du miroir. Mais pourquoi s'en prenait-elle à elle et à ses amis, dont elle ignorait l'existence jusqu'alors ? C'était étrange, mais elle n'avait pas le temps de se poser de questions. L'heure pressait. Elle se prépara rapidement et courut jusqu'à l'arrêt de bus.

Dans la cour de récréation, Nour alla s'asseoir sur un banc près de la cantine. Ses amies Zahra et Yasmina étaient à l'intérieur, mais elle était trop chamboulée pour manger. Elle se demandait si les créatures de son rêve existaient réellement, et si elles avaient ressenti la même terreur qu'elle face à l'ombre noire. Elle était tellement absorbée par ses pensées qu'elle ne remarqua même pas qu'on s'approchait d'elle.

« Eh, Nour ! soupira Yasmina. Je te parle depuis tout à l'heure. Tu comptes rester dans la lune longtemps encore ? «

« Désolée Yasmina, je réfléchissais, c'est tout «, répondit Nour.

« Zahra et moi avons quelque chose d'urgent à te dire. Viens avec nous «, ajouta Yasmina.

À l'intérieur, le bruit de la cantine en ébullition les entourait. Nour hésita un instant face à l'agitation ambiante. « Euh, les filles, ne serait-ce pas plus approprié de discuter ailleurs, en privé ? « s'inquiéta-t-elle.

« Ne t'en fais pas, Nour, plus il y aura de bruit et moins on nous écoutera, la rassura Zahra. Nous ne sommes pas là pour manger, de toute façon, ajouta Yasmina d'un ton brusque. Il faut parler. Il semblerait que nous ayons toutes fait le même cauchemar cette nuit, non ? «

Nour et Zahra hochèrent silencieusement la tête. « Il va falloir réfléchir là-dessus, continua Yasmina. Nour, tu pensais à quelque chose tout à l'heure. «

« Je pensais à la même chose que toi, répondit Nour. Mais je me suis demandée... Dans mon rêve, l'ombre avec le grand sceptre... Nous sommes d'accord pour dire que c'était bien une ombre, n'est-ce pas ? «

« Oui, acquiescèrent les deux autres. «

« Elle s'est adressée à moi en disant simplement «Toi, la fille», ajouta Nour. «

« Elle s'est adressée à toi ? s'étonna Zahra. «

« De mon côté, elle m'a seulement poursuivie avec son armée de monstres et ce nuage terrifiant, avant que je me fasse encercler, partagea Yasmina. C'était vraiment effrayant, renchérit son amie. «

Nour se demanda si elle devait évoquer ses soupçons sur l'enlèvement de leurs parents. Elle craignait les effrayer. Cependant, elle se savait obligée de les avertir. « J'ai quelque chose d'extrêmement important à vous dire les filles «, annonça-t-elle. Ses amies se tournèrent vers elle, intriguées. « Hier soir, dans mon lit, une idée m'a traversé l'esprit. «

« C'est quoi ? « demanda Zahra.

« Cela risque de ne pas vous plaire, prévint Nour, hésitante. « Elle se lança finalement. « Bon, je vais le dire... J'ai réalisé que... Peut-être que... C'est difficile à dire... «balbutia-t-elle. Elle prit une profonde inspiration. « Je crois que c'est cette même ombre qui a enlevé nos parents. Je pense qu'elle vient d'un autre monde, celui dont je vous ai parlé hier. Il faut aller les sauver. «

Les réactions ne se firent pas attendre. Zahra s'emporta. « Mais tu te rends compte de ce que tu dis ? Comment peux-tu être sûre de dire la vérité ? Tu inventes tout ça pour te rassurer, Nour. Ça ne me fait pas rire. «

La jeune fille tenta de se défendre. « Je ne cherche pas à te faire rire ! Je te dis la vérité ! J'ai entendu cette ombre me parler dans mon rêve. J'ai vu cette ombre me poursuivre. Dis-moi, si tu es si intelligente, quelle explication logique apportes-tu à tout cela, alors que nous avons toutes été témoins de son apparition ? «

« Non, non, Nour, c'est impossible ! s'énerva Zahra. Une ombre reste une ombre. Et même si nous avons fait un rêve similaire, qui dit que tout ça était réel ? Tu dérailles ! «

« Comment oses-tu dire ça ? s'indigna Nour. Moi, j'ai vérifié toutes mes hypothèses. J'ai vu et touché ce miroir. J'ai vu mes parents dans cette cellule sombre. J'ai établi un contact avec une fille inconnue, venant de ce monde. J'ai des preuves, Zahra ! Alors, quelle explication rationnelle as-tu à proposer pour contester mes dires ? «

« Tu me rends folle ! Quand comprendras-tu que tout cela n'est que balivernes ? répliqua Zahra, exaspérée. Je ne croirai pas un mot de ton histoire ! Sauver nos parents d'un monde imaginaire ? Ridicule ! «

« Et le message d'hier alors ? Il disait : «Le portail est ouvert. Le choix vous appartient.» Ça veut forcément dire que l'on doit aller dans ce monde pour les sauver ! «

« Qu'est-ce qui te dit que c'est bien son interprétation ? répliqua Zahra. Ça a sûrement un tout autre sens ! Arrête de divaguer ! «

Yasmina tenta d'interrompre le débat. « Les filles, je ne sais vous, mais ce que je vois là-bas ne me dit rien de bon. «

Leur dispute fut interrompue par l'apparition de trois ombres à la sortie du réfectoire. Les filles réalisèrent alors que la cantine était vide. Tous les élèves étaient en classe.

« Que faisons-nous ? « s'inquiéta Yasmina. Elles bloquent l'entrée et nous ne pourrons pas les contourner à temps ! «

« Il faut trouver une autre sortie ! « gémit Zahra.

Nour repéra une bouche d'aération plus loin et proposa aux autres filles d'escalader les cuisines pour atteindre la sortie. Mais les ombres se volatilisèrent pour réapparaître devant elles, et les saisirent avant qu'elles ne puissent s'échapper. Nour sentit un froid intense la traverser, la paralysant. Son esprit fonctionnait toujours, mais son corps refusait de bouger. Ses amies étaient dans le même état, terrifiées. Un portail s'ouvrit devant elles, révélant une salle sombre et lugubre avec un trône en pierre noire. Paniquées, les filles cherchèrent une issue. Nour pensa à sa mère, et l'image du portail changea pour montrer la cellule de leurs parents. Réalisant le pouvoir de ses pensées sur le portail, la jeune fille décida de s'échapper avant qu'il ne soit trop tard. Elle fit signe discrètement à ses amies et, au moment où les ombres franchissaient le portail, les trois filles réussirent à se dégager et à fuir.

Maintenant libres, les trois amies se préparèrent à un nouveau chapitre imprévisible de leur aventure. Où allaient-elles atterrir ? La seule certitude était l'incertitude totale quant à ce monde mystérieux qui s'ouvrait à elles.

Chapitre 4

EN CETTE FIN D'APRES-MIDI D'AUTOMNE, le soleil brillait encore sur la grande forêt. Les couleurs chatoyantes des feuilles des arbres, déjà bien colorées, scintillaient à la lumière dorée, illuminant le sentier de terre serpentant entre les arbres majestueux. Des milliers de feuilles mortes jonchaient le sol, produisant un son craquant sous les pas des promeneurs. Les chariots chargés de nourriture et de boissons suivaient le chemin, laissant derrière eux une trace dans le tapis de nature automnal.

Au sol, de délicates fleurs de toutes les couleurs égayant la forêt de leur présence. Jaune, rouge, orange, violet... Elles parsemaient le sol et apportaient une touche de gaieté à l'ambiance. Les plantes carnivores, quant à elles, se faisaient plus discrètes, se cachant sous les feuilles mortes et attendant patiemment leur proie. Les arbres qui bordaient le sentier étaient colossaux, leurs branches s'entremêlant pour former une canopée multicolore. Des lianes aux teintes vives s'enroulaient autour des branches, créant un spectacle visuel époustouflant.

Une brise légère agitait les feuilles des arbres et des buissons épineux, tandis que le parfum de terre humide se mêlait à celle des fleurs sauvages. Les oiseaux entamaient leur dernier concert de la journée, remplissant l'air de leurs chants harmonieux. Le sentier menait à une clairière où un paisible lac reflétait le ciel rose du crépuscule. Le soleil, lentement, se couchait à l'horizon, baignant la clairière d'une lumière chaleureuse et dorée.

C'était un lieu magnifique, où l'on pouvait se reconnecter à la nature et à soi-même, en laissant derrière soi les soucis de la vie quotidienne.

Cependant, la tranquillité de ce décor idyllique fut brusquement interrompue par un bruit retentissant provenant des abords du lac. Trois silhouettes émergeaient péniblement des profondes flaques de boue où elles avaient atterri. Oui, atterri. Les trois étranges figures avançaient désormais sous les frondaisons des arbres, visiblement décontenancées. L'une d'entre elles poussa un cri d'exaspération. » Regardez-nous, toutes couvertes de boue ! Comment allons-nous nous en débarrasser ? », s'écria-t-elle. Une autre tenta de la calmer en ces termes : « Calme-toi, Yasmina, ce n'est que de la boue. » La jeune fille, visiblement perplexe, observa les alentours avec incrédulité. « Où sommes-nous ? Je ne reconnais plus rien. » Une troisième voix s'éleva, teintée d'excitation : « Vous pensez que ça a marché ? »

Nour et ses amies avaient sans aucun doute atterri dans le monde mystérieux que celle-ci avait contemplé à travers le miroir. « Vous voyez ? avança Nour avec fierté. J'avais raison. » Une voix sceptique se fit entendre : « Raison à propos de quoi, au juste ? interrogea Zahra.

- A propos du fait que nos parents aient bel et bien été enlevés par des ombres et transportés dans un autre monde, tête de mule. Sinon, elles ne seraient pas revenues nous chercher. Et je ne suis pas idiote. Alors excuse-toi. »

Après un instant de flottement, Zahra marmonna finalement un « Pardon ». Nour prit alors le temps d'observer la clairière qui les entourait. *Cet endroit est plutôt charmant, je trouve*, songea-t-elle. Yasmina, frissonnante, brisa le silence. « Je ne veux pas faire ma rabat-joie, mais j'ai froid et la nuit va bientôt tomber. »

En effet, malgré son fort caractère et ses manières de guerrière, Yasmina était en réalité d'une santé fragile. Petite, elle avait frôlé la mort à plusieurs reprises à cause de simples rhumes ou angines. Ses parents l'avaient emmenée maintes fois à l'hôpital pour la soigner, et ils faisaient de leur mieux pour la protéger. Ses amies étaient conscientes de sa fragilité et veillaient également sur elle avec dévouement.

Alors que les trois filles étaient trempées par l'eau glacée du lac, Zahra proposa de trouver un abri pour se sécher. Nour approuva, consciente que la pluie imminente rendait leur situation encore plus précaire. Elles entreprirent alors une lente progression à la recherche d'un refuge sec. De gros nuages gris obscurcissaient le ciel, annonçant une averse imminente. Zahra pressa ses amies, consciente de l'urgence de la situation.

Après une pause pour permettre à Yasmina de reprendre son souffle, elles finirent par découvrir une petite combe éclairée par un faible rayon de lune. Le sol était jonché de feuilles mortes en décomposition, formant un tapis humide et collant. Les branches d'un arbre renversé créaient une sorte de toit végétal au-dessus du sol. La pluie commençait à tomber en fines gouttes, faisant frissonner les filles alors qu'elles sentaient l'eau froide traverser leurs vêtements.

Au centre de la combe, se trouvait un abri précaire construit avec des branches d'arbustes et des feuilles, à peine assez grand pour accueillir un homme. Malgré sa récente construction, l'abri était déjà inondé et les feuilles pourries recouvrant le sol étaient mouillées et collantes. Zahra demanda si c'était l'endroit idéal, ses cheveux brun brillant sous les gouttes de pluie. Nour, après avoir jeté un regard inquiet à Yasmina, acquiesça. Les trois filles s'installèrent à l'intérieur de l'abri, prenant soin de déloger les feuilles mouillées. Yasmina et Zahra se blottirent l'une contre l'autre, fermant les yeux dans l'attente d'une nuit inconfortable mais salvatrice.

Un vent glacial soufflait, secouant brutalement l'abri de fortune où Nour se trouvait. Les branches gémissaient sous la pression du vent, menaçant de tout emporter avec elles. Nour, troublée, se tenait recroquevillée avec ses genoux contre sa poitrine, son regard perdu dans le vide. Des questions sans réponses tourbillonnaient dans son esprit, laissant s'échapper des pensées angoissées : *Et maintenant ? Que faisons-nous ? Nous avons absolument besoin d'aide. Mais comment et où la trouver ? Comment savoir à qui nous pouvons faire confiance ? Et surtout, comment sortir de cette forêt ? Dans quelle partie du monde sommes-nous atterris ? Au nord ? Au sud ? L'atmosphère humide et chaude de la forêt laisse penser que nous pourrions être dans une zone tropicale. Mais l'asthme et l'humidité ne font pas bon ménage ensemble. C'est dangereux pour Yasmina. Elle pourrait s'étouffer. Et il nous faudra aussi trouver des vêtements adéquats. Et Isaac ? Où est-il passé ? Dans ma vision, il était enfermé dans une prison. J'espère qu'il est sain et sauf, sinon je leur ferai la misère à ces ombres ! Et cette prison, où se trouve-t-elle ? Nous devons absolument trouver de l'aide, car notre situation est vraiment critique.*

Un bruit suspect sur sa droite la fit sursauter. « Qui est-ce ? Qui est là ? « cria-t-elle, le cœur battant la chamade dans sa poitrine.

Un bruissement se fit entendre derrière elle. Elle se figea. Était-ce le vent ? Mais Nour surprit un mouvement furtif juste au-dessus d'elle. Elle se redressa, mais oubliant qu'elle était dans un abri, se heurta aux branches mouillées du haut et retomba lourdement, une peur hideuse enflant en elle.

Le bruit se rapprocha. Prise d'une panique soudaine, elle ramassa la plus grosse branche qu'elle put trouver, et la brandit devant elle en criant : « Allez-vous-en ! Qui que vous soyez, partez ! Ou je vous assomme avec ce bâton ! « *Mais qu'est-ce que je raconte ? Je ne suis pas courageuse du tout.* Son corps tremblait de peur alors que le bruit s'approchait inexorablement d'elle.

Soudain, le bruit s'arrêta, et Nour distingua des bruits de pas discrets sur le sol. Une grande silhouette approchait. Son cœur tambourinait violemment dans sa poitrine. « Reculez ! « hurla Nour, sa voix teintée de terreur. La silhouette s'arrêta un instant, et sembla faire signe à quelque chose dans la brume. La peur monta d'un cran en elle. *On est encerclées ?* Elle sentit une boule d'angoisse se former dans son estomac. Dans un élan de terreur, elle cria : « Les filles ! Debout ! Maintenant ! « Zahra se réveilla en sursaut et bouscula Yasmina qui grogna et ouvrit les yeux péniblement.

Les trois filles se retrouvèrent face à une créature étrange et fascinante. Une créature végétale, faite de mousse, de feuilles et de lianes, les observait avec attention. Elle avait l'apparence d'une femme, mais avec de la mousse et des lianes à la place des cheveux, et ses bras étaient faits de tiges vertes épaisses entremêlées. Elle portait une robe de mousse et de feuilles légèrement brunies, et ses cheveux étaient légèrement bruns sur les bouts, coiffés en une tresse ornée de feuilles et de fleurs. Des parures en plume et des bijoux en or sertis d'émeraudes ornaient son étrange physionomie. Ses yeux, d'un blanc laiteux, les dévisageaient avec bienveillance. Aucune menace ne perçait dans son regard ni dans sa voix douce lorsqu'elle s'adressa à elles : « Jistez lî plimlâka ? « Les filles la dévisagèrent avec des yeux ronds, ne comprenant pas sa langue étrange.

Elle répéta sa question en français : « Que faites-vous ici, étrangères ? » Nour ne put retenir un cri de surprise. *Elle parle notre langue !* La femme-plante se tourna vers elle et lui sourit. « Je m'appelle Pachyra, lieutenante en chef de sa noble Majesté, la reine Sollya, souveraine du peuple Homo-Plante, et sa plus proche conseillère. Comment puis-je vous aider ? Vous me semblez perdues. « Nour resta muette de stupeur, essayant de calmer son cœur qui battait à tout rompre. Elle se sentait dépassée par la situation. *Comment cela se fait-il qu'elle parle notre langue ? Pourquoi ? Et où sommes-nous ? Nous, on veut juste retrouver nos parents et rentrer chez nous. On n'avait pas prévu ça ! Mais il nous faut de l'aide.*

Pachyra se racla la gorge, attendant une réponse des filles. Zahra prit finalement la parole pour expliquer leur situation. Yasmina compléta en précisant que leurs parents avaient été enlevés par des ombres. La lieutenante Pachyra se figea, le regard sombre, révélant une inquiétude profonde. « Il y a un problème ? « osa demander Nour, cherchant à comprendre la situation dans laquelle elles étaient tombées.

Pachyra fit signe dans l'obscurité, et des bruits de pas se firent de nouveau entendre. « Il y a, commença-t-elle, que nous ne sortons plus de nos frontières depuis que la reine des Ombres et ses armées sillonnent l'Empire d'Okara. Nous sommes voisins, ce qui fait que les populations vivant aux abords du territoire sont les plus menacées. Nous nous sommes repliés sur nous-mêmes, et même si nous continuons à commercer avec les autres royaumes, nous nous sommes considérablement affaiblis. La plupart de nos acheteurs de pierres précieuses venaient de l'Empire, mais avec les soldats de l'Ordre du Pouvoir qui bloquent l'accès aux commerçants voisins... » Son regard se posa sur Nour, semblant chercher une réponse au fond de son âme.

Nour sentit un frisson lui parcourir l'échine. Elle se rendit compte que la situation était bien plus complexe et dangereuse qu'elle ne l'avait imaginée. *Quel regard étrange...* Quels mystères se cachaient derrière ces paroles ? Elle se sentait perdue dans un monde étrange et inconnu, cherchant désespérément un moyen de retrouver ses parents et de rentrer chez elle.

« Nous allons vous accompagner jusqu'à notre reine. La forêt des Murmures se trouve à quelques heures de marche des frontières du Royaume et du Palais-Royal de l'Émeraude Verdoyante. Elle se situe au sud, au cœur de nos terres, ce qui nous permet d'y pénétrer en toute sécurité. Venez, ma patrouille et moi-même allons vous escorter «, déclara Pachyra.

Dix autres Homo-Plantes surgirent de l'ombre, imposants et menaçants. L'un d'eux interpella d'une voix grave, faisant sursauter les trois filles : « Êtes-vous certaine de votre décision, ma lieutenante ? Confier nos affaires à des étrangers en temps de guerre n'est pas conseillé, vous le savez mieux que quiconque. » Les regards échangés entre les membres de la patrouille firent naître une interrogation chez Nour : à quoi faisait-il allusion ?

Pachyra lança un regard glacial à son subordonné avant de répliquer avec fermeté : « Merci pour votre remarque, soldat Qâsir, mais je pense que vous connaissez mieux que quiconque nos valeurs qui prônent l'accueil des étrangers, n'est-ce pas ? « Un face-à-face tendu s'ensuivit brièvement entre la lieutenante et le soldat, avant que ce dernier ne s'écarte pour laisser passer ses compagnons vers les profondeurs de la forêt. « Suivez-nous. Si nous avançons rapidement, nous arriverons à la capitale avant la nuit. Je suis convaincue que notre reine saura vous accueillir », assura Pachyra avec un sourire rassurant. Nour, Yasmina et Zahra se regardèrent une seconde avant de laisser échapper un soupir de soulagement. *Ouf ! J'ai vraiment cru qu'on allait y passer !* pensa Nour. Peut-être finalement, se dirent-elles intérieurement, que leur situation n'était pas si désespérée.

Occupée par son soulagement, Nour ne remarqua pas le regard chargé de colère et de jalousie qui se posa sur elle. Un regard qui laissait présager un sombre avenir, qui pourrait les conduire tout droit en prison. Voire pire, à leur disparition à toutes les trois.

Chapitre 5

PENDANT LES QUELQUES HEURES qui suivirent leur rencontre avec Pachyra, Nour avait du mal à rester éveillée, se cognant parfois contre les arbres environnants. Yasmina, quant à elle, semblait pleine d'énergie grâce au climat chaud du Royaume d'Emeraude. Elle dévorait littéralement Pachyra des yeux, ce qui amusait cette dernière. « Elle est tellement courageuse et confiante ! » murmura-t-elle à Zahra alors que Nour se cognait cette fois contre un rocher. Zahra était restée silencieuse pendant une bonne partie du trajet. Lorsque le soleil se leva, Pachyra fit signe d'arrêter la marche et ses soldats se rassemblèrent en cercle autour d'elle.

Nour se demandait ce que ces soldats prévoyaient lorsque des racines surgirent rapidement du sol, construisant en quelques secondes un camp fortifié à l'orée de la forêt. Les filles étaient impressionnées, et Pachyra le remarqua. Elle sourit et expliqua : « C'est l'une des nombreuses capacités des Homo-Plantes. On fait sortir nos racines de terre, puis on les remet en place quand on n'en a plus besoin. Ainsi, il ne reste aucune trace de notre présence. Cela nous permet de mener des missions de reconnaissance en territoire ennemi et de nous cacher sans être repérés. Même les ombres ne peuvent nous trouver. «

Les soldats dressèrent des tables, des tabourets et des tentes. Pachyra invita les filles à s'asseoir et disposa sur la table des fruits aux couleurs et formes étranges. Se demandant ce que c'était, Nour observa Yasmina prendre un fruit rond et jaune, et commencer à le manger avec enthousiasme. Zahra choisit une banane violette et commença à la peler. Après avoir vu ses amies se régaler, Nour se décida finalement à goûter un fruit jaune qui ressemblait à un citron. À sa grande surprise, elle s'exclama : « Oh ! C'est très bon ! On dirait un mélange de mangue et d'ananas !»

Alors que les filles profitaient de leur repas, Nour pensait : Peut-être que ce voyage ne sera pas si terrible après tout. Ces fruits sont délicieux et Pachyra semble être assez gentille malgré son autorité. Peut-être qu'on pourra apprendre des choses intéressantes sur les Homo-Plantes et sur ce monde étrange en sa compagnie. Être avec mes amies me donne du courage, même si Zahra semble préoccupée. Finalement, cette mission dans ce monde étrange ne sera peut-être pas si mal.

Soudain, un cri d'alerte les fit réagir : « Escadron intrus droit devant !»

Nour se leva brusquement, tendue. Elle finit son fruit rapidement et rejoignit Pachyra pour observer la situation. Une troupe d'ombres se dirigeait vers eux. Pachyra organisa ses soldats en formation et chuchota à Nour : « Ne traînez pas. Ça va devenir dangereux. Fuyez vers le Palais, demandez de l'aide à la reine. «

Inquiète, Nour demanda : « Et vous ? « Pachyra la rassura et les filles s'éloignèrent.

En courant vers le Palais, Nour était terrifiée à l'idée de laisser Pachyra et ses soldats seuls face à l'ennemi. Yasmina et Zahra étaient épuisées, mais déterminées. Alors qu'elles approchaient de la cité, un cri paniqué de Pachyra résonna : « Les ombres ! Prenez garde !»

Nour fit demi-tour et vit une ombre foncer sur elle. Elle fut projetée au sol avec violence. L'ombre la maintint fermement et entreprit de l'étrangler. Elle sentait la panique monter en elle, pensant que c'était la fin. Alors qu'elle luttait désespérément, une lumière intense jaillit d'elle et désintégra l'ombre qui la retenait. Épuisée et choquée, Nour entendit des voix l'appeler.

C'était Zahra, qui accourait vers Nour. Son visage était pâle et couvert de sang couleur rouille. « Zahra «, fit Nour d'une voix faible. « C'est plutôt à moi de te le demander ! Qu'est-ce qui t'es arrivé ? L'ombre t'a frappée ?

- Non. Pachyra et ses hommes sont arrivés au dernier moment quand l'ombre qui m'avait attaquée s'apprêtait à me tuer, mais ils l'ont vaincue. C'est son sang que j'ai sur le visage.

Nour eut un haut-le-cœur en imaginant le cadavre de son amie Yasmina parmi les nombreux autres corps dispersés sur le champ de bataille. « Où est Yasmina ? « demanda-t-elle. Son amie répondit : « Elle va bien, elle est partie aider Pachyra à se relever. Elle a été gravement blessée, tu sais. « Nour se sentit coupable en se rappelant que Pachyra leur avait demandé d'aller chercher de l'aide au Palais, et qu'elles en avaient été incapables. ***Tu sais pertinemment que ce n'est pas ta faute***, lui chuchota une petite voix mélodieuse dans sa tête. Nour sursauta, faisant bondir Zahra en arrière. « Qu'est-ce qu'il se passe ? « demanda-t-elle. Nour se redressa, perturbée, tentant d'expliquer ce qu'il s'était passé. Elle avait pourtant clairement entendu une voix dans sa tête. « Quelle voix ? s'enquit Zahra. Tu es sûre que ça va ? « Nour commença à remettre en question sa santé mentale. *Je n'ai pas d'hallucinations quand même ?* La voix dans sa tête lui répondit rassurante : ***Non, ne t'inquiète pas, je t'expliquerai tout plus tard.*** Nour se sentit dépassée. *Est-ce que je vais devoir me faire exorciser ?* pensa-t-elle. La voix éclata de rire dans sa tête, ajoutant au mystère.

Nour se questionna sur l'origine de cette voix et comment elle pouvait pénétrer dans sa tête. *Est-ce que je suis folle ?* se demanda-t-elle. Elle envisagea une possible commotion cérébrale lors de ses récentes aventures, mais se rassura en se disant qu'il n'y avait pas vraiment de voix étrange dans sa tête.

Yasmina revint avec Pachyra et une partie de ses troupes. Malheureusement, six Homo-Plantes avaient trouvé la mort dans leur combat contre les ombres. « Nous n'allons pas les laisser là, n'est-ce pas ? « demanda Zahra lorsqu'ils furent à portée de voix.

- Non, répondit Pachyra d'une voix fragile, - elle devait s'appuyer sur une de ses soldats pour marcher - J'ai envoyé l'un des nôtres porter un message à la reine. Elle nous enverra des secours d'ici peu. Nous pourrons ramener les corps et honorer ces nobles soldats comme il se doit. «

Zahra acquiesça tristement, resserrant les poings pour contenir sa peine. Chaque perte était un coup dur pour le peuple de Pachyra déjà affaibli. Ils se dirigèrent vers les corps sans vie des combattants, les entourant de respect et de dignité. Pachyra fit signe à ses soldats de commencer à préparer les corps pour le retour à la capitale. Pendant ce temps, un frisson parcourut l'échine de Nour. Elle se sentit observée, surveillée par une présence invisible. Se retournant brusquement, elle aperçut une ombre rescapée de la bataille se fondre dans les ténèbres. *Pourquoi m'observe-t-elle ? Bizarre*, pensa-t-elle. Un sombre pressentiment l'envahit, laissant présager que les choses allaient s'aggraver. Elle et ses amies allaient devoir affronter à nouveau les ombres, et ces rencontres ne seraient pas de tout repos, elle en avait la certitude.

Alors que le soleil atteignait son zénith, une escorte imposante accompagnait la reine du Royaume d'Emeraude. Nour frissonna d'excitation. *Elle est venue nous voir !* pensa-t-elle. Elle observa avec fascination la reine descendant un escalier de verdure magnifique pour rejoindre Pachyra et ses soldats.

La reine des Homo-Plantes était une créature majestueuse et élégante vêtue d'une robe de lianes, de feuilles et de fleurs aux couleurs vives. Sa cape en lianes vert émeraude et blanche, ornée de fils d'or et d'argent, lui donnait une allure royale et mystérieuse. Sa couronne en jade, émeraude et quartz blanc brillait de mille feux, accentuant sa beauté naturelle. Ses longs cheveux en lianes fleuries étaient ornés de fleurs en or fin, rehaussées par des émeraudes étincelantes. Son visage délicat était encadré par des sourcils fins, des yeux vert pâle et un menton gracieux. Ses mains fines et délicates témoignaient de son élégance naturelle.

Nour, Yasmina et Zahra étaient stupéfaites. La beauté et la puissance dégagées par la reine les impressionnaient grandement. Pachyra et ses soldats se précipitèrent à sa rencontre et s'inclinèrent. « Inutile de vous excuser. Vous avez fait tout ce qui était en votre pouvoir pour protéger notre cité, et je ne manquerai pas de vous récompenser pour cela «, déclara la reine d'une voix douce mais forte. Pachyra sembla soulagée par ses paroles. Nour remarqua la connexion particulière entre Pachyra et la reine, plus qu'une simple relation de lieutenant à souveraine.

La reine décida qu'il était temps de repartir à la capitale avant la fin de l'après-midi. Les soldats se préparèrent à déplacer les corps, tandis que les guérisseurs s'occupaient des blessés. Alors que Nour observait la scène, elle se rendit compte que la reine la regardait. Prise au dépourvu, elle se demanda si elle devait la saluer ou attendre un signe de la souveraine. Finalement, la reine prit la parole : « Quel est ton nom, jeune demoiselle ? « Nour faillit pousser un cri de surprise lorsqu'elle découvrit la reine derrière elle et sursauta, mais se retint de justesse. « N... Nour Votre Majesté. « Elle baissa les yeux, s'attendant à une remarque désobligeante de la part de la reine pour ne pas être venue la saluer auparavant, mais, étonnamment, elle se baissa à sa hauteur, et la dévisagea intensément. Que me veut-elle ? « Nour... « fit-elle pensivement. Elle s'approcha de la jeune fille. Des émotions fortes, confuses et entremêlées émanaient d'elle. Terreur et espoir en même temps... Bizarre... songea Nour. La reine fronça les sourcils et lui demanda : « D'où viens-tu ? « La jeune fille répondit d'une voix tremblante : « Je viens d'un autre monde. Mes amies et moi, on cherche nos familles qui ont été enlevées par des ombres. Est-ce que vous pourriez nous aider à les retrouver s'il vous plaît ? Après, promis, on s'en ira. Nous ne voulons pas rester ici. « La reine lui sourit doucement et Nour sentit une douce chaleur lui envelopper le cœur. « Nour, c'est un joli prénom. Tu as montré du courage et une grande détermination durant cette épreuve. Sache que tu n'y es pour rien si nos soldats ont perdu la vie. Ils savaient ce qu'ils risquaient en rejoignant l'armée des Homo-Plantes. Ils s'étaient préparés à une telle éventualité. Ils savaient qu'ils finiraient par mourir un jour ou l'autre. Rien n'est éternel, Nour. « Cette dernière hocha la tête, consciente que la reine disait la vérité.

« Et saches également que toi et tes amies êtes sous ma protection, dit-elle en haussant la voix de sorte à ce que tous et toutes l'entendent. Si un jour, tu as besoin d'aide, saches que les portes du Palais te seront toujours ouvertes. « Nour, ne sachant que dire, se contenta d'incliner la tête en signe de respect et de remerciement. La reine lui adressa un dernier sourire avant de retourner vers ses soldats. Nour sentait un étrange mélange d'émotions se former en elle. Un mélange de crainte, d'espoir et d'émerveillement à la fois. Elle savait que cette quête lui réserverait beaucoup de surprises et de découvertes, mais elle ne se sentait pas prête pour une telle aventure. Les encouragements de la reine Sollya l'avaient confortée dans son intention. Coûte que coûte, elles iraient libérer leurs parents, quels que soient les obstacles qui se dresseraient sur leur chemin.

Allongée dans son grand lit à baldaquin du Palais de l'Emeraude Verdoyante, Nour se sentait un peu isolée. On leur avait attribué à chacune d'entre elles des chambres spacieuses. Tellement spacieuses qu'elle avait l'impression de n'être qu'une puce dans ce grand espace.

Après que la reine Sollya les ait ramenées au Palais, elle avait organisé des funérailles somptueuses pour les soldats décédés, et avait amplement dédommagé leurs familles. Ensuite, elle avait ordonné que l'on s'occupe de Pachyra et de ses soldats ainsi que de Nour et ses amies. La jeune fille s'était aussitôt retrouvée dans une grande pièce, décorée de motifs de feuilles en jade ornées d'or fin, qui combinait une salle de bain, un dressing, et un salon de coiffure. On leur avait pris leurs vêtements et on les avait jetés à la poubelle (« irrécupérables «, avait jugé la servante). On l'avait frottée, massée, séchée, habillée et coiffée. Le tout, en moins d'une heure.

Yasmina et Zahra avaient subi le même traitement. La première était vêtue d'une robe verte assortie à ses yeux, ornée de fils d'or et d'une ceinture tissée du même métal précieux. Ses accessoires étaient en or, dont des bracelets, des boucles d'oreilles ornées d'émeraudes et une broche en or retenant sa queue-de-cheval. Yasmina, en vantant sa beauté (surnaturelle, disait-elle), provoqua un léger sourire moqueur de Zahra. Cette dernière portait une robe bleu pâle, des bijoux en or – dont une bague sertie d'un topaze – et des chaussures assorties cousues de fils d'or.

Nour, elle, avait opté pour un blanc pur. Sa robe était cousue du même fil, ainsi que ses chaussures, mais elle ne portait pas de bijoux, à l'exception d'un pendentif en forme d'étoile que lui avait offert sa mère l'année dernière. « Ma propre mère me l'a offert quand j'ai obtenu mon brevet. Même si toi tu ne le passes pas cette année, je te l'offre comme récompense pour tes excellents résultats scolaires. Bravo ma chérie. « Sa voix douce et rassurante caressait toujours les oreilles de Nour lorsqu'elle se souvenait de ce jour, et lui donnait l'impression de pouvoir gravir n'importe quelle montagne, du moment que cette voix serait toujours avec elle.

Mais aujourd'hui, elle lui donnait plutôt la sensation d'avoir un immense vide en elle qui ne cessait de grandir jour après jour. Elle caressa avec tristesse le bijou en argent et soupira doucement. Elle ferma les yeux, et essaya de s'imaginer sa mère, au soleil, en robe d'été rose clair, souriant à son mari, un grand chapeau de paille blonde posé sur sa tête. Elle sourit. Puis l'image de sa mère dans sa cellule de prison froide et lugubre lui revint en tête. De petites larmes roulèrent sur sa joue, et elle se recroquevilla sur elle-même. Elle s'essuya les yeux et se leva pour aller regarder par la fenêtre de sa chambre.

Dehors, la lune était pleine. Ses rayons d'argent effleuraient la capitale des Homo-Plantes, qui s'étendait à perte de vue. Les bâtiments qui composaient la Branche d'Améthyste, réservée aux invités, étaient faits de marbre, et incrustés des fameuses pierres précieuses violettes. Les autres Branches du Palais – celles de Jade, de Saphir, de Topaze, d'Opale, d'Emeraude et de Quartz – étaient reliées à celle d'Améthyste par des ponts de marbre et d'or, décorés de lianes et de fleurs de toutes les couleurs. Nour se souvenait de la visite guidée qu'elle avait faite en compagnie de ses amies. Elles avaient commencé par la Branche la plus populaire, celle de Jade. C'était là que se tenaient toutes les réunions importantes qui concernaient le Royaume, ainsi que toutes les festivités, les banquets, les jeux, les bals, et les anoblissements. Elles étaient ensuite allées dans la Branche de Saphir, où se trouvait le Centre de Recherche Royale - là où étaient conservées toutes les archives du Royaume - la Galerie d'Art et la Bibliothèque. Puis elles avaient visité la Branche de Quartz, où se situait le Centre d'Entraînement Royal de La Garde et les cuisines, et, enfin, elles étaient parties visiter les jardins. Les Branches d'Emeraude, de Topaze, et d'Opale, qui conservaient les appartements royaux, le Trésor Royal, et l'Académie Royale, étaient interdites aux invités.

Le Palais brillait de mille feux sous les étoiles. Les bâtiments les plus importants autres que le Palais se situaient au cœur de la cité, dans un grand espace délimité par des grilles d'or gigantesques appelées « L'Arbre du Savoir «. Nour ne savait pas à quoi il ressemblait de plus près, car on les avait directement menées, elle et ses amies, au Palais. Elle pouvait apercevoir depuis la fenêtre de sa chambre un arbre lointain entouré de bâtiments presque aussi grands que lui. *Il faudra que je demande à la reine si on peut aller le visiter, demain. J'aimerais bien savoir à quoi il ressemble à l'intérieur*, se dit Nour. Elle retourna dans son lit. Depuis la bataille, Pachyra ne leur avait pas adressé un mot. Elles l'avaient croisée plusieurs fois dans les couloirs du Palais, mais elle avait continué sa route sans répondre à leur salut. *Je suis sûre qu'elle nous en veut... Je m'en veux tellement ! On aurait pu... Non, nous aurions dû empêcher la mort de ces soldats ! Et le pire dans tout ça, c'est que son frère était parmi les disparus ! Elle doit être si triste ! Et si elle ne nous pardonnait jamais ?* **Ne t'en fais pas Nour, je suis sûre qu'elle vous pardonnera.** Encore cette voix ! Mais d'où venait-elle à la fin ? *Eh ! La voix ! Tu vas me dire qui tu es enfin ? Et d'où tu viens ? Et surtout, pourquoi es-tu dans ma tête alors que je ne t'avais jamais entendue auparavant ?*

Nour se dit qu'il était bizarre – et extrêmement louche – de converser avec une voix inconnue qui ne venait de nulle part, selon elle. Mais elle n'avait pas d'autre solution si elle voulait avoir des réponses à ses questions. *» Alors ? T'as perdu ta langue maintenant, c'est ça ? Tu ne réponds plus ?*

- **Si, je suis toujours là**, répondit-elle. **C'est juste que je n'aime pas trop quand on me crie dessus et que l'on fait preuve d'impolitesse à mon égard, c'est tout.**

-   *Oh, désolée. Tu veux bien répondre à mes questions s'il te plait ?*
-   **D'accord, qu'est-ce que tu veux savoir ?** »

Nour réfléchit un long moment avant de répondre. Elle ne voulait pas que la voix la prenne pour une pleurnicharde (quelle idée !), mais elle se devait tout de même de poser lui la question. Elle se contenait depuis trop longtemps, et confier ses inquiétudes à quelqu'un ne lui ferait pas de mal, n'est-ce pas ? « *J'ai perdu mes parents,* commença-t-elle. *Ils ont été enlevés par des ombres. Est-ce que tu pourrais me dire s'ils vont bien s'il te plaît ?* »

La voix resta silencieuse un moment, et Nour crut qu'elle ne l'avait pas entendue. Mais elle résonna encore dans sa tête, et son ton inquiétant indiqua à Nour que la réponse lui déplairait. « **Personne ne vit bien en présence des Ombres,** répondit-elle d'une voix lugubre. **Chacune d'elles est une source d'affliction pour le monde. Elles ne sont que chaos et destruction. Si tu veux savoir si tes parents vont bien, il va falloir que tu les retrouves. C'est la seule solution. Je ne peux rien te dire de plus les concernant.** »

Nour tenta de cacher sa déception et son désespoir sous un ton léger. « *Ok... Ce n'est pas grave... Alors, est-ce que tu pourrais m'expliquer où on se trouve mes amies et moi ?*
-   **Vous êtes dans le monde de Sathona. Le Royaume d'Emeraude est l'un des quatre qui composent la partie Est du monde. La**

capitale des Homo-Plantes se situe tout au sud du royaume.

- *Et du côté Ouest, il y a quoi ?* demanda Nour.
- **Personne ne sait encore ce qui s'y cache, à part certaines personnes bien renseignées. Le côté Ouest de Sathona est très difficile d'accès. On dit aussi qu'il s'y trouve des dragons, mais ce n'est pas sûr, car personne n'en a vu depuis des siècles.**
- *Pourquoi ?*
- **Personne ne sait. On sait juste qu'ils sont partis. Peut-être parce qu'ils avaient fait quelque chose de terrible.**
- *Intéressant...* songea la jeune fille. *Et est-ce que tu peux me dire ce qui m'est arrivé sur le champ de bataille avec cette ombre ? Parce que c'était vraiment étrange. Et aussi me dire comment a commencé ce conflit qui oppose les Ombres au reste du monde.*
- **Tu trouveras la réponse à ces deux questions quand il sera temps pour toi de savoir.**
- *Mais pourquoi ?* protesta-t-elle. *Je veux savoir maintenant !*
- **Le savoir est une chose magnifique Nour. Mais il peut aussi être dangereux pour celui qui le possède. Et rendre dangereux celui qui en fera mauvais usage. Si je te le dis maintenant, cela risque d'entraîner une succession d'événements plus terribles les uns que les autres, et toi et tes amies risquez de mourir. »**

Agacée, Nour ne dit rien. Elle voulait savoir ce qui clochait avec elle. Et cette voix avec ses mystères...

« *C'est tellement frustrant ! Je ne sais même pas qui tu es ! Qu'est-ce qui me dit que je devrais écouter tes conseils et attendre ?*

- **Tu le dois. Pour ton bien et celui de tes amies.**

- *Même pas en rêve*, répondit Nour.

- **S'il te plaît ! Fais ce que je te dis et tu verras. Je te le dis pour ton bien !**

- *Si tu veux que je t'écoute, alors dis-moi qui tu es*, exigea-t-elle. »

La voix resta silencieuse. « *Allez ! Dis-le-moi ou je ne t'écouterai pas !* insista Nour.

- **Je ne pense pas que cela aura des conséquences négatives sur l'avenir...** reprit la voix. **Je vais te le dire, Nour. Mais tu dois me promettre de garder le silence. Tu ne dois parler de moi à quiconque – pas même à tes amies –, ou vous et vos familles, mourrez. Homo-Plantes compris. Je ne plaisante pas. Promis ?**

- *Promis !* » jura Nour, frémissante d'excitation.

Il y eut un silence, puis la voix reprit :

Je m'appelle...

Nour se tint immobile, tant elle avait peur de rater la réponse à cause d'un seul mouvement.

Je m'appelle Asîfa.

Son nom résonna dans sa tête, emplissant la chambre d'une ambiance mystérieuse. Ainsi, dans le silence de la nuit, Nour découvrit Asifa une énigme vivante aux informations précieuses mais aux avertissements sombres.

Une nouvelle page de leur aventure s'ouvrait, plongeant Nour dans les abysses de l'incertitude.

Chapitre 6

ASSISE SUR UN MURET dans les somptueux jardins royaux, entourée de la douce atmosphère printanière, Nour se laissait emporter par les souvenirs de sa conversation avec Asîfa la veille. Les paroles de cette dernière résonnaient dans sa tête, réveillant en elle des émotions contradictoires. « ***Tu trouveras la réponse à ces deux questions quand il sera temps pour toi de savoir***, » avait déclaré Asîfa d'un ton mystérieux. Et puis, il y avait eu cet avertissement inquiétant : « ***Le savoir est une chose magnifique Nour. Mais il peut aussi être dangereux pour celui qui le possède.*** »

La jeune fille se sentait partagée entre la curiosité et la peur. Elle était troublée par le poids de cette révélation interdite, cette promesse de silence qui lui pesait comme une chaîne autour du cou. La dernière recommandation d'Asîfa résonnait en elle comme un avertissement sinistre, lui rappelant les conséquences d'une possible trahison.

Nour se sentait déchirée entre ses loyautés envers ses amies et son engagement envers Asîfa. Elle craignait de perdre la confiance de celles qui lui étaient chères en gardant secret ce qui lui avait été confié. Le dilemme la tourmentait, la laissant dans un état de confusion et d'angoisse. Devait-elle briser sa promesse pour préserver ses amitiés, ou devait-elle protéger le secret au risque de perdre la confiance de ses amies ?

Alors qu'elle était perdue dans ses pensées, Nour fut brusquement ramenée à la réalité par la voix insistante de Yasmina. « NOUR ! lui cria Yasmina. C'est quand même la deuxième fois que tu me mets un vent en pleine conversation ! Qu'est-ce qui t'arrive ? » Embarrassée, la jeune fille comprit qu'elle avait négligé son amie. La perspicacité de son amie la mettait mal à l'aise. Les émotions de Nour étaient palpables, son cœur battant la chamade face aux questions pressantes de Yasmina. Elle exigeait des réponses.

Finalement, Nour décida de jouer la carte de la confidence partielle.

« Eh bien, c'est un secret que j'ai promis de garder pour moi, et ça concerne quelque chose de... compliqué. » Yasmina la regarda fixement, attendant la suite. « Je suis désolée, Yasmina. Je ne peux pas t'en dire plus. Mais je te promets que dès que je pourrai, je te confierai tout. » Yasmina serra les dents, signe qu'elle n'était absolument pas d'accord avec ça, mais après un moment, elle soupira et acquiesça. « D'accord, je suppose que je peux attendre. Mais saches que si tu as besoin de parler, je suis là pour toi, peu importe ce qui se passe. » Nour lui adressa un léger sourire reconnaissant. Elle était soulagée que Yasmina comprenne et accepte sa décision. Les deux amies se concertèrent ensuite sur le programme de la journée, échangeant des idées sur ce qu'elles pourraient faire pour passer le temps. Mais au fond de son cœur, Nour savait que le secret d'Asîfa continuerait de la hanter jusqu'à ce qu'elle trouve le courage de le révéler à ses amies. Et elle espérait sincèrement que ce moment arriverait sans mettre personne en danger.

Peu de temps après, Zahra arriva en courant, agitant les mains en guise de salut, visiblement excitée. « Les filles ! s'exclama-t-elle quand elle arriva à leur hauteur. Devinez quoi ? J'ai réussi à convaincre la reine de nous laisser aller explorer la ville ! Seule condition : ne pas causer de dégâts. Vous êtes partantes ? » Les yeux pétillants, Nour et Yasmina échangèrent un regard complice. « Pourquoi pas ? » répondit Nour, captivée par l'idée de visiter toute la ville. Zahra ajouta : « Et, petit plus, elle m'a donné de l'argent pour qu'on puisse s'acheter de quoi manger si jamais on a un creux en cours de route. Génial, pas vrai ? » Les sourires radieux et les regards complices entre les trois amies témoignaient de leur joie de pouvoir partir à l'aventure et s'échapper un peu de l'enceinte du palais.

Lorsqu'elles mirent enfin le pied dans la cité des Homo-Plantes, Nour resta bouche bée devant la beauté et l'animation de cette ville. Les rues grouillaient de vie, avec des échoppes colorées, des habitants au visage souriant et des odeurs enivrantes de plats exotiques. Nour se laissa envahir par une vague de curiosité et d'émerveillement, captivée par chaque détail qui s'offrait à elle. Au fil de la journée, les amies découvrirent les trésors cachés de la ville, échangeant avec les habitants accueillants et se délectant de mets délicieux. Nour se sentait légère et insouciante, comme si elle avait temporairement évacué le poids du secret qui pesait sur ses épaules. Chaque instant était une nouvelle découverte, une nouvelle émotion.

Alors que le soleil amorçait sa descente à l'horizon, les trois amies décidèrent de regagner le palais. Nour se promit de revenir pour explorer chaque recoin de cette cité merveilleuse. Sur le chemin du retour, la jeune fille sentit une main se glisser dans la sienne. C'était Zahra, lui souriant avec bienveillance. « Tu sais, Nour, peu importe ce que tu caches, nous serons toujours là pour toi «, lui assura-t-elle. Yasmina renchérit : « Oui, nous sommes plus que des amies, nous sommes des sœurs. Tu peux nous faire confiance. « Les mots de ses amies réchauffèrent le cœur de Nour, et elle sentit les larmes lui monter aux yeux. Elle se sentait profondément touchée par leur soutien inconditionnel. « Elles ont deviné que quelque chose me tracassait. Leur amitié est si précieuse, si salutaire «, pensa-t-elle. Nour se sentit reconnaissante d'avoir des amies aussi merveilleuses à ses côtés, prêtes à la soutenir dans les moments les plus difficiles.

Mais quand elles atteignirent enfin le Palais, une sombre nouvelle les attendait. La reine des Homo-Plantes, d'ordinaire sereine, arborait une expression de détresse. Les trois amies sentirent immédiatement que quelque chose clochait. Conduites dans la salle du trône, la reine les informa de l'enlèvement de sa fille, la princesse Azalée, par des ombres menaçantes. Ces dernières l'avaient emmenée à Radiancea, la capitale de l'Empire d'Okara. Exigeant leur présence dans un délai d'un mois, la reine des Ombres avait clairement fait savoir que l'avenir de la princesse Azalée était en jeu. Après cette annonce choquante, les amies se retrouvèrent dans la chambre de Nour pour délibérer sur la marche à suivre. Yasmina, effrayée, refusa catégoriquement de se rendre à Radiancea. De son côté, Zahra plaida en faveur du sauvetage de la princesse, malgré les dangers encourus. Nour, quant à elle, se sentit coupable de l'enlèvement d'Azalée, mais se posa des questions sur les véritables motivations de la reine des Ombres. « ***Tu es le moyen pour elle d'obtenir ce qu'elle désire le plus au monde,*** dit Asîfa.

- *Et quel est ce désir ultime ?*
- ***Me posséder pour envahir le monde. Tu dois aussi savoir autre chose Nour. Mais si je te le révèle, promets-moi de garder le secret.***
- *Encore un secret à garder !* pesta Nour. *Tu sembles vraiment déterminée à m'éloigner de mes amies !*
- ***Non, je te promets que ce n'est pas mon intention. Mais c'est un élément crucial pour l'avenir de ce monde. Tu dois promettre.***
- *Vraiment ?*
- ***Oui. Alors ? Tu es prête ? Attention, ça risque d'être un peu intense.***
- *Quoi ? Qu'est-ce qui risque d'être intense ?*
- ***C'est parti.***
- *Attends !* s'affola Nour. *Je ne suis pas prête...*

Une lumière éblouissante.

Des coups de marteau assourdissants.

Où suis-je ? se demanda Nour. Elle se trouvait dans une forge mystérieuse, étendue près d'un four brûlant. Elle se leva brusquement, craignant de se brûler... Et manqua de rentrer dans le forgeron. Reculant, surprise qu'il ne l'ait pas remarquée si proche. Il travaillait sur quelque chose qui ressemblait à une épée, sa lame était faite de... « *De la lumière !* s'exclama Nour intérieurement. *C'est impossible, comment peut-il la manipuler ?*

- ***C'est possible,*** lui répondit Asîfa. ***Seuls ceux qui ont été choisis peuvent supporter la lumière telle qu'elle est vraiment. Tu en fais partie.***

- *C'est ainsi que j'ai pu vaincre l'ombre qui m'a attaquée ?* devina la jeune fille.

- ***Oui, la lumière est en toi, tu es la lumière. Tu dois juste apprendre à la maîtriser.***

- *Mais pourquoi ?* souffla Nour, impressionnée et nerveuse.

- ***Chut, regarde.***

Le décor changea, et un temple de marbre blanc se matérialisa devant les yeux de Nour. Au centre, posée sur un piédestal, se trouvait une épée de lumière. Nour vit un jeune homme la saisir, la lame brillait. « ***Voici Mâlik, annonça Asîfa. C'est lui, le premier à avoir utilisé mon pouvoir pour chasser les Ombres.***

- *C'est toi ? Cette épée te représente ? Et cet homme, ton premier maître ? Tu l'as choisi ? Mais pourquoi ne revient-il pas sauver le monde ?* demanda Nour.

- ***Toutes les réponses à tes questions sont là, il suffit d'attendre***, » souffla Asîfa.

La scène changea, Nour se retrouva au milieu d'une bataille contre les Ombres. Devant elle, se tenait

Mâlik, enchaîné, portant une couronne et l'épée de lumière. Il était blessé, et des plaies sanguinolentes lui barraient le torse. « ***Mâlik est mort,*** annonça Asîfa, la voix empreinte de tristesse et de chagrin. ***Et ma raison de vivre avec lui. Mais quand tu es née, j'ai su que l'espoir était possible***, expliqua Asîfa.
- *Pourquoi moi ?* demanda Nour.
- ***Parce que tu es modeste, courageuse, noble, juste. Tu es l'Elue choisie. Je t'aiderai, car j'ai confiance en toi,*** répondit Asîfa.

Emue, Nour comprit son objectif : retrouver la princesse Azalée, sauver Sathona et ses parents des Ombres. Elle savait qu'elle pourrait échouer, mais elle savait aussi qu'elle pouvait compter sur ses amies.

« Dois-je en parler à Yasmina et Zahra ?
- ***À toi de voir, Nour. Il est temps pour toi de prendre tes propres décisions***, » répondit-elle mystérieusement.

Chapitre 7

Tout va bien se passer, Nour. Tu en es capable. Il te suffit juste de rester immobile.

Sur une perche en bois plus haute que les colonnes du Palais de l'Emeraude Verdoyante, Nour luttait pour garder son équilibre et éviter de tomber.

Cela faisait maintenant trois semaines qu'elle avait révélé à ses amies le destin qui était le sien depuis sa naissance.

Après avoir annoncé la vérité à ses amies, Yasmina était restée silencieuse, chose rare, pendant plus d'une minute, tandis que Zahra avait les yeux grands ouverts à la fin du récit. « Alors ? » avait timidement demandé Nour, pleine d'espoir. Mais Yasmina s'était levée d'un bond et avait déclaré : » Je ne te crois pas. »

Nour était restée interdite. N'avait-elle pas assuré la veille qu'elle pouvait compter sur son soutien, quel que soit le problème ? Zahra s'était approchée de Nour et avait pris sa main : » Je te crois, Nour. Et je vais t'aider. Pas vrai, Yasmina ? »

Elle s'était tournée vers son amie, mais celle-ci l'avait fixée avec colère. « C'est de la folie ! Nour, tu es folle ! Vous êtes folles toutes les deux ! Tout ça, ce n'est qu'une excuse bidon pour ne pas retrouver nos parents !

- Non ! Yasmina ! avait rétorqué Nour. C'est la vérité !

- Ah oui ? fulminait Yasmina. Eh bien, montre-le-moi ! Mais moi, je ne laisserai rien ni personne m'empêcher de retrouver ma famille ! C'est juste parce que vous voulez encore profiter de la liberté acquise en leur absence !

- Mais... Tu réalises ce que tu dis ? s'était exclamée horrifiée Zahra. De nous trois, je suis celle qui souhaite le retour de nos familles le plus rapidement possible ! Toi, au moins, tu as tes parents et tes sœurs pour te tenir compagnie ! Moi, je n'ai personne !»

Yasmina n'avait rien dit, consciente que c'était la vérité. « De plus, avait poursuivi Zahra, il me semble plus logique de vaincre la reine des Ombres et ses alliés avant de libérer nos parents. On se ferait tous prendre sinon, et je n'ose imaginer ce qu'il adviendrait de Nour une fois la reine satisfaite.

- Mais nous devons les sauver ! s'était écriée Yasmina.

Elle avait tourné les talons, signe qu'elle était à court d'arguments. *Elle est aussi atteinte que nous,* avait réalisé Nour. *Sa famille lui manque énormément, malgré le fait qu'elle n'en laisse rien paraître.* « Les filles, nous avons un mois pour nous préparer avant de sauver la princesse Azalée. Il faut décider comment procéder. Selon Asîfa, mes pouvoirs ne suffisent pas pour vaincre la reine. J'ai besoin d'elle pour y parvenir.

Alors ? Que faisons-nous ?» Zahra avait réfléchi un instant avant de proposer : « Il nous faut une carte du monde de Sathona afin de planifier le voyage vers la mer où l'épée a été jetée. Ensuite, tu pourras exterminer la reine et ses alliés, libérer la princesse et nos parents, et rentrer chez nous ! Oui, c'est un bon plan.

- Tu oublies quelque chose, avait ajouté Yasmina, le dos toujours tourné. Et si la mer est trop éloignée ? Et l'épée repose au fond d'une fosse, tu oublies ?

- Oh... C'est vrai, je n'y avais pas pensé. Nour, Asîfa ne t'a-t-elle pas donné une astuce pour la récupérer sans se noyer ?

- Non, je pense qu'on devra se débrouiller. Mais on n'a pas le choix. On doit se rendre à Radiancea pour que la reine Sollya retrouve sa fille. Mais on doit s'entraîner. On ne se laissera pas capturer. Une fois notre mission accomplie, on retrouvera Asîfa et on éliminera la reine et ses armées maléfiques.

- Mais, Nour, elle pourrait tuer nos parents si on lui échappe, non ? avait avancé Zahra. Et si on se rend effectivement, elle nous emprisonnera, moi et Yasmina, et te forcera à utiliser ton pouvoir, voire pire, pour s'emparer d'Asîfa. «

Nour avait hésité. Rechercher l'épée légendaire signifiait prendre le risque de ne pas sauver Azalée à temps, voire de ne pas revenir du tout. Se livrer à l'ennemi condamnerait Sathona. Simuler une reddition risquait la vie de leurs familles. « Alors, Nour, que décides-tu ?» avait demandé Yasmina. *Elle espère que je choisisse de partir libérer nos parents en premier,* avait pensé la jeune fille. *Mais ce n'est pas une option sûre.* « Pourquoi moi ? Demande à Zahra.

- C'est toi la principale concernée, Nour. C'est toi qu'Asîfa a choisie. Pas moi, ni Yasmina. Tu dois nous guider dans cette quête. Alors, dis-nous ce qu'on doit faire.

- Mais je ne suis pas une meneuse ! s'était défendue la jeune fille. Je ne peux pas... Je ne pourrais pas vous guider. Je ne suis pas...

- Tu n'es pas quoi, Nour ? coupa Zahra d'une voix douce. Pas assez brave ? Pas assez vaillante ? Pas assez déterminée ? Car si c'est ce que tu penses, je ne suis pas d'accord. Tu es celle parmi nous qui a fait preuve de plus de courage et de ténacité durant nos épreuves. Tu le mérites. «

Nour avait baissé la tête et marmonné : « Non, je ne le mérite pas. » Envahie par la culpabilité, elle s'était levée et s'était retirée dans sa chambre.

Le lendemain, Yasmina et Zahra avaient débarqué alors qu'elle était à peine réveillée pour lui annoncer la nouvelle : elles partiraient toutes les trois à la fin de la troisième semaine du mois pour aller retrouver la princesse Azalée. « On a décidé pour toi, avait déclaré Yasmina. Ne nous remercie pas surtout, hein.

- Et peu importe si on n'a pas l'épée, avait affirmé Zahra. On peut s'en passer, on t'a toi. Ça nous suffit amplement. «

Et tout s'était enchaîné. La reine avait ordonné qu'on attribue à Nour un maître qui lui enseignerait le combat libre, un maître d'armes, et un autre qui lui enseignerait les arts de la guerre. *D'accord pour les deux premiers, mais POURQUOI un maître des arts de la guerre ? Je n'en ai pas besoin ! Et ça me fait juste perdre du temps... Au lieu de ça, je pourrais être avec Yasmina et Zahra à m'amuser dans les jardins royaux, ou à siroter un jus de fraiyave au bord du lac principal. Mais non ! Je suis là, debout, à deux poils de tomber de dix mètres de hauteurs, et personne n'a l'air de s'en soucier, puisque que mon fantastique maître des arts de la guerre a jugé qu'il était très important pour moi d'apprendre la discipline. Mais ce n'est pas de ma faute s'il n'a pas d'humour ! Quel rabat-joie, franchement...* « C'est bon ! l'interpella son instructeur. Tu peux descendre. Mais que je ne t'y reprenne plus. Va faire ton sac maintenant, et va manger, puis va te doucher, et couches toi. Tu pars demain, à l'aube. *Sans blague ! Comme si je ne savais pas ce que je devais faire.*

Elle se dépêcha de descendre d'un salto arrière, et atterrit lestement sur le sol. Elle avait troqué sa longue robe blanche contre un pantalon noir et une tunique à manches longues de même couleur. Son haut était toujours brodé d'or, mais c'était moins voyant et plus pratique pour s'entrainer. *Allez, maintenant, vite rejoindre Yasmina et Zahra dans ma chambre pour se préparer. Il faut qu'on soit prêtes. C'est la vie de la fille de Sollya qui est en jeu.*

Ses amies étaient assises sur un sofa brodé de vert émeraude. Elles aussi suivaient un entrainement dispensé par des maitres. A la différence près que c'étaient des femmes, et qu'elles étaient bien plus sympa qu'un certain maitre d'armes de sa connaissance... « Eh ! Les filles ! les héla-t-elle.

- Nour ! s'exclama Zahra. On t'attendait justement. Viens, Sollya nous a fait distribuer des armes. Il faut que tu choisisses vite la tienne, parce qu'elle envoie demain un escadron surveiller les frontières sud du Royaume, et elle a besoin de toutes les armes en bon état avant ce soir. «

Nour s'approcha des armes aux manches blancs ceinturés d'or et de jade. Il y avait là une lance, une hache, un poignard à la lame longue et étincelante, une épée, une hallebarde, et un arc. « J'ai pris une lance. « annonça Yasmina. Elle se pencha et sortit de derrière le sofa une lance longue d'environ deux mètres au manche... De la même couleur que sa tenue, c'est-à-dire vert émeraude, ceinturé de doré. « Je trouvais qu'elle s'accordait bien avec la couleur de mes yeux.
- Yasmina, fit Zahra en levant les yeux au ciel. On utilise une arme pour se battre, pas pour s'en servir comme d'un accessoire de beauté.
- Bah, j'ai bien le droit de choisir quelque chose que j'aime, non ? « Et elle agita sa longue crinière rousse pour faire plus d'effet. Nour soupira. Yasmina était intelligente, mais parfois, elle les exaspérait vraiment avec sa « beauté surnaturelle «. « Bon, tu choisis ? « reprit-elle.

Nour hésita un instant, puis se tourna vers Zahra. « Tu as pris quoi, toi ?
- Une épée. « répondit son amie en brandissant une magnifique épée à la lame tranchante et à la poignée ciselée. « Une épée classique, mais redoutable. «
La jeune fille réfléchit un instant, puis se saisit du

poignard. « Je prends ça. C'est plus discret, plus léger, et ça peut toujours servir en cas de besoin. »

Les trois amies se regardèrent un instant, conscientes de l'importance de la mission qui les attendait. Elles devaient sauver la princesse Azalée, mais aussi libérer leurs familles et détruire la reine des Ombres. Un lourd fardeau reposait sur leurs épaules, mais elles étaient prêtes à affronter tous les dangers pour y parvenir. *Ensemble,* se répéta Nour. *Tant que nous serons ensemble, nous réussirons.* Elles discutèrent un moment, puis Yasmina et Zahra allèrent manger et Nour se retrouva seule. Elle n'avait pas faim. Elle savait qu'elle risquait peut-être de ne jamais revenir. Mais elle se devait de le faire. Pour sa famille. Et pour tous les innocents qui comptaient sur elle sans le savoir, attendant qu'elle vienne les sauver eux ainsi que leur monde. Elle espérait juste qu'elles parviendraient à mettre leur plan à exécution. Ou elles mouraient toutes les trois. *Nous ne pouvons plus reculer, l'avenir de Sathona est entre nos mains. A nous de tout faire pour qu'il se réalise au mieux.*

Le lendemain, à l'aube, Nour et ses amies se préparèrent à partir pour l'Empire d'Okara et sa capitale, Radiancea. La reine Sollya vint les voir pour leur faire ses dernières recommandations : « N'oubliez pas, nombreux sont les ennemis qui chercheront à vous éliminer, là-bas. Certains tirent de l'occupation ennemie un avantage, et ils n'hésiteront pas à se débarrasser de vous. Ne divulguez à personne votre identité. C'est une question de vie ou de mort. Mes espions m'ont rapporté que des affiches – avec vos visages dessus – avaient été placardées sur chaque mur, chaque bâtiment de la ville. Vos têtes ont été mises à prix, avec, pour récompense, plus de cent millions d'Éclats. Alors faites attention. « Nour acquiesça de la tête. Elle était trop stressée et angoissée pour parler. La reine des Homo-Plantes s'approcha d'elle, et posa sa main sur son épaule : « Nour ? J'aimerais te parler s'il te plaît. « Elle tressaillit et regarda la reine dans les yeux. Elle y lisait une peur terrible, et un espoir tout aussi grand. *Que me veut-elle ? Est-ce à propos de ce qu'Asîfa m'a dévoilé ? Mais non, il n'y a que moi qui l'entends. Impossible qu'elle sache.*

Elles allèrent dans un endroit à l'écart, sous un framboisier en fleur. « Nour, commença la reine, il faut que tu saches quelque chose encore.
- Quoi donc, Votre Majesté ?
- Mes espions m'ont également rapporté que la reine prépara un plan secret. Qui vise à détruire entièrement Sathona en le plongeant dans l'ombre pour toujours. Il faut à tout prix l'en empêcher. Je ne sais pas si tu as déjà entendu parler de la légende d'Asîfa.
- Oui, en fait, je sais tout ce qu'il faut savoir à son sujet. Je sais également ce qu'il s'est passé il y a dix ans, avec la chute de l'empereur Mâlik. Je sais qu'il possédait une épée, Asîfa, faite de lumière. Je sais qu'il s'est fait tuer en affrontant les Ombres à l'automne de sa vie. Je sais que maintenant qu'elle s'est trouvé un nouveau maître et qu'elle lui a transmis ses pouvoirs, il est possible de changer la donne. Je sais tout. «

Et sous les yeux ébahis de la reine, la jeune fille s'illumina tout entière. Ses yeux et ses mains prirent la couleur du soleil, de même que le halo scintillant qui l'entourait. Yasmina et Zahra, attirées par la lumière, se retournèrent et poussèrent des cris de surprise en apercevant leur amie. « Tu ne nous avais pas dit que tu savais faire ça ! « s'exclama Zahra. Nour ferma les yeux, et les effets du pouvoir d'Asîfa cessèrent. « Je me suis beaucoup entraînée. Parfois même pendant la nuit. « dit-elle en souriant.

« Vous devez partir maintenant, intervint la reine. Il vous faut une semaine pour rejoindre la capitale de l'Empire, et je doute que la reine des Ombres se montre patiente.

- Oui, répondit Nour. Comptez sur nous Votre Majesté. Nous vous ramènerons votre fille, saine et sauve. «

Yasmina et Zahra échangèrent un regard déterminé, et la reine les serra toutes les trois dans ses bras en chuchotant : « Si vous ne parvenez pas à la ramener, je ne vous en tiendrai pas rigueur les enfants.

- Ne vous en faites pas, répondit Zahra sur le même ton. Nous nous occupons de tout. «

Les trois filles allèrent chercher leurs sacs, leurs capes noires et leurs armes, puis se regardèrent. *Nous ne serons peut-être plus de ce monde lorsque nous aurons libéré la princesse. Sans avoir revu nos parents.* Nour ne put s'empêcher de verser une larme. Yasmina la vit et lui prit la main. « Ne t'inquiète pas Nour. On va juste libérer la princesse, on reviendra vite. Et après, on ira libérer nos parents, d'accord ?

- Oui. «

Elle s'essuya la joue. Prenant un chemin secret partant du Palais de l'Emeraude Verdoyante jusqu'à la frontière, Nour, Yasmina et Zahra saluèrent une dernière fois leurs alliés, puis partirent, inconscientes du piège qui les attendait là.

Nour et ses amies avaient marché durant une journée entière. C'est Zahra qui avait insisté, au grand étonnement de Nour. Habituellement calme et réfléchie, Zahra avait foncé tête baissée, entraînant les autres dans sa course effrénée.

« Si ça continue comme ça demain, j'arrête ! « avait vociféré Yasmina alors que la nuit tombait. Le soleil s'était déjà levé deux fois depuis leur départ. Deux jours étaient passés, pensa Nour avec anxiété. Il ne leur restait que quatre jours pour arriver à temps avant que la reine des Ombres n'exécute la princesse. Un frisson parcourut son échine. Elles devaient se dépêcher.

Installées dans une petite clairière, elles étaient assez éloignées de la frontière pour ne pas être repérées si elles allumaient un feu, mais assez proches pour rejoindre rapidement la capitale. Zahra sortit une carte du monde de Sathona que la reine leur avait confiée. « D'après la carte, il nous reste trois jours de marche pour atteindre la capitale en suivant les grandes routes. Le seul souci, c'est qu'elles sont très fréquentées. Les routes secondaires sont également bondées. Il ne nous reste que les petits chemins, mais cela nous prendrait un jour de plus. On n'a pas vraiment le choix. «

Yasmina résuma la situation : « Donc, soit on presse le pas pour sauver la princesse, soit on avance à notre rythme et on risque de la perdre. Va pour la marche rapide, alors. «

Nour était d'accord. Elles devaient avancer plus vite, sinon Azalée serait perdue à tout jamais. « Allons dormir, déclara-t-elle. Nous serons en meilleure forme demain. « Zahra et Yasmina s'endormirent presque aussitôt, utilisant leurs sacs comme oreillers. Nour, quant à elle, ne pouvait s'empêcher de penser : *Comment la reine compte-t-elle utiliser mes pouvoirs pour retrouver Asîfa ? Elle ne pourrait pas me voler mes pouvoirs, n'est-ce pas ?* Son regard se porta vers la voûte céleste indigo, où quelques étoiles timides apparaissaient. Si jamais elles devaient périr en route, Nour était prête à se sacrifier pour ses amies. *J'en fais le serment.*

Le lendemain à l'aube, elles se remirent en route, déterminées à ne pas perdre de temps. Elles parcoururent les petits chemins, toujours sur leurs gardes, épiant le moindre mouvement suspect. Le voyage était long et éprouvant, mais elles ne faiblirent pas. Leur détermination les guidait, et elles savaient que l'avenir de Sathona reposait sur leurs épaules.

Enfin, au bout de quatre jours de marche intensive, elles arrivèrent devant les grandes portes de la capitale, Radiancea. Les gardes les arrêtèrent, méfiants. « Qui êtes-vous ? « demanda l'un d'eux. Nour prit une profonde inspiration et répondit d'une voix ferme : « Nous sommes Nour, Yasmina et Zahra, les amies de la princesse Azalée. Nous sommes ici pour la sauver. «

Les gardes échangèrent un regard surpris, puis ouvrirent les portes pour les laisser entrer. « Suivez-nous, la reine vous attend. « Les filles échangèrent un regard déterminé et suivirent le garde à travers les rues bondées de la capitale.

Radiancea était la plus grande et la plus majestueuse des villes d'Okara. Elle rassemblait tous les centres politiques et culturels de l'Empire, possédait les plus beaux jardins, les meilleurs aliments – fruits du travail minutieux et passionné de leurs agriculteurs – et regorgeait des meilleurs restaurants des quatre royaumes du côté Est de Sathona. Si les rues se comptaient par milliers, les habitants, eux, se comptaient en milliards ! Cette métropole gigantesque abritait plus d'un milliard et demi de citoyens okariens, sans compter les sans-abris. Nour et ses amies étaient stupéfaites par la grandeur de cette ville. *Si on se perd un jour là-dedans...* songea Nour en marchant vers le Palais Royal aux côtés de Yasmina et Zahra – avant de se rappeler qu'après cette rencontre, elle ne serait peut-être plus de ce monde.

Après avoir traversé l'immense ville de Radiancea, elles arrivèrent enfin au Palais Royal. Ce dernier arborait des murs d'une pierre sombre, des étendards couleur de sang flottaient au vent. Des meurtrières aux formes étranges donnaient l'impression d'éventrer le palais de l'intérieur. Derrières celles-ci, des silhouettes sans visage se déplaçaient sans bruit. *Est-ce qu'il a toujours été comme ça ?* se dit Nour dans un frisson. Elle n'aimait pas cette impression d'être observée à son insu. Les gardes les introduisirent dans un couloir sans lumière. Nour ne pouvait s'empêcher de trembler et elle était frôlée par des présences inconnues et indécelables. Après avoir traversé un long dédale de couloirs et passé bon nombre d'antichambres, les trois héroïnes arrivèrent dans la salle du trône. Tout au fond de celle-ci, dans l'ombre, un trône gigantesque, plus grand que celui de la reine Sollya – qui était pourtant impressionnant – dominait le reste de la pièce. Un escalier en pierre noire y menait, et aux pieds du trône, une petite silhouette immobile avec des fleurs blanches et roses dans les cheveux était ligotée par des cordes solides. Un bâillon noirci par la crasse lui couvrait la bouche. *La princesse Azalée !* réalisa Nour, horrifiée. Si la petite fille avait pu conserver les fleurs dans ses cheveux de lianes tressés, le reste de son accoutrement n'était que haillons sales et rongés par les mites. Elle était pieds nus, ses yeux étaient vides d'expression, et son effroyable maigreur lui donnait l'air d'un squelette. Seule une petite lueur d'espoir brilla dans ses doux yeux lorsqu'elle vit Nour et ses amies pénétrer dans la salle. Elle voulut bouger mais un garde s'approcha et la maintint contre la pierre froide du trône à l'aide de son épée.

Nour sentit son cœur se serrer douloureusement. La princesse Azalée était si jeune, si fragile, si innocente... Elle ne méritait pas un tel sort. La reine des Ombres se leva de son trône, une aura maléfique l'enveloppant. Ses yeux rouge sombre étaient sombres et glacés, sa voix, rauque et démoniaque. Elle portait une couronne hérissée en fer noir sertie de rubis sur la tête. « Vous voilà enfin, mes très chères ennemies, dit-elle d'une voix pleine de venin. Vous êtes – hélas pour vous – arrivées trop tard pour sauver la princesse. Elle est à moi maintenant, et jamais vous ne pourrez la libérer. »

Non ! C'était injuste ! Elles n'avaient même pas eu le temps de s'assurer que la princesse était encore en vie ! Nour brandit son poignard, prête à se battre jusqu'au bout pour sauver la princesse Azalée. Ses amies dégainèrent également leurs armes et, ensemble, les trois filles s'approchèrent du trône pour défier la reine des Ombres. Les gardes de celle-ci les encerclèrent, prêts à les attaquer. Nour sentit la peur l'envahir, mais elle se rappela de sa mission, de sa promesse. Elle leva son poignard, et d'une voix forte et téméraire, déclara : « Nous avons respecté la date d'échéance, vous devez donc nous rendre la princesse. Si vous ne le faites pas, c'est la guerre que vous aurez ! » La reine et ses soldats partirent d'un grand éclat de rire. Le rire de la reine, en particulier, lui glaçait le sang. Elle se tourna vers ses amies, désespérée. « Elle ne nous écoutera pas, dit Zahra. Nous n'avons pas d'autre choix que d'utiliser la manière forte. » Yasmina brandit sa lance. « Ça me va ! » Et elle s'élança.

Les gardes de la reine voulurent la réceptionner, mais elle les contourna et renversa deux d'entre eux d'un coup pied retourné. Les autres se ruèrent tous sur elle. « Il faut que nous allions l'aider ! » cria Nour à Zahra au-dessus du vacarme des armes. Mais celle-ci ne l'entendit pas, elle s'était précipitée vers la princesse, et avait commencé à sectionner ses liens. *Bon, à moi de jouer,* se dit-elle. Elle courut vers un garde qui s'apprêtait à frapper Yasmina par derrière, et lui enfonça son poignard entre les côtes. Celui-ci hurla de douleur, et dégaina sa dague pour riposter. Nour esquiva, mais se prit les pieds dans les tentacules d'une ombre déjà tombée à terre. Elle trébucha, et s'affala lourdement sur le sol. *Tu parles d'une combattante ! Tu peux faire mieux que ça, Nour. Bats-toi !* Elle esquiva de justesse l'arme de son adversaire, puis lui décocha un double coup de pied dans le ventre, qui l'envoya valser à l'autre bout de la salle. Elle eut juste le temps de reprendre son souffle, qu'un cri de détresse retentit de l'autre côté de la salle, là où les gardes étaient le plus nombreux. La jeune fille tourna la tête, et vit Zahra se débattre pour essayer de protéger la princesse inconsciente, qui pendait entre ses bras. Nour n'hésita pas une seconde et se rua sur les agresseurs, qui relâchèrent leur prise. Zahra portait plusieurs égratignures au visage, des griffures sur les bras, ainsi qu'une longue estafilade sanglante qui lui barrait le ventre. Elle saignait un peu, mais suffisamment pour l'épuiser rapidement. Nour l'aida à se relever et l'amena dans un coin de la salle. « Restez là, d'accord ? » dit-elle, une lueur d'inquiétude dans le regard. La plus grosse des blessures de Zahra saignait de plus en plus abondamment ; elle se demandait comment elles allaient faire pour rentrer – si elles rentraient. Zahra grogna et ouvrit les yeux péniblement. « La princesse... » commença-t-elle.

Non, reposez-vous, on vous rejoindra quand on aura fini. » Et sur ce, elle retourna dans la mêlée.

Elle rejoignit Yasmina, qui était aux prises avec une ombre deux fois plus grosse qu'elle. Les deux amies se battirent vaillamment, mais leurs adversaires étaient trop nombreux. L'un des soldats souleva Yasmina par le pied, cassa sa lance en deux et lui planta un de ses tentacules transformé en poignard dans la clavicule. La jeune fille poussa un cri de douleur. L'ombre l'assomma, et la jeta sur le sol, près du trône.

Du sang rouge sombre s'échappait à grande vitesse de la blessure de son amie. Elle devait être profonde. « Yasmina ! » Nour se jeta au chevet de son amie, mais un garde la retint, et lui arracha son poignard. Il le lui planta dans la cuisse et s'apprêtait
à le frapper de nouveau avec, lorsque Nour libéra enfin le pouvoir d'Asîfa. Toutes les ombres hormis la reine s'effondrèrent lorsque Nour projeta un halo de lumière intense et brûlante dans toute la salle. La reine hurla et se protégea du mieux qu'elle put, mais fut sévèrement touchée au visage.

Enragée, elle se jeta sur Nour, et la plaqua au sol. Elle sortit une fiole violette des plis de sa robe, l'ouvrit et la but entièrement. Un instant passa avant qu'il se produisît quelque chose. Tout le Palais trembla, lorsque la reine des Ombres doubla de taille, jusqu'à atteindre le plafond. Ses tentacules étaient devenus aussi longs que sa robe, et de sa bouche, dégoulinait un liquide violet à l'odeur nauséabonde. Des ailes noires gigantesques et déchiquetées apparurent dans son dos. Ses yeux se réduisirent à deux fentes blanches, et ses dents triplèrent de taille jusqu'à percer sa mâchoire.

« Voyons maintenant comment tu te débrouilles face à l'Impératrice des Ombre petite insolente.

déclara-t-elle d'une voix haute perchée, résonnante, monstrueuse. Tu vas regretter d'avoir osé me défier. »

Chapitre 8

Nour recula, prise d'une terreur incontrôlable. *Comment faire pour vaincre une chose pareille ? Asîfa ? J'ai besoin de toi !*

- **Je suis désolée, Nour. Je ne peux pas t'aider ! Tu peux seulement essayer de concentrer tout ton pouvoir pour lui envoyer un rayon d'énergie énorme, mais je ne te promets rien. Je n'avais jamais vu cette forme auparavant. Je suis désolée, Nour, j'aurais dû être plus prévoyante.**
- Non, ne t'en fais pas. Je vais faire ce que tu me dis.

Elle concentra donc toute sa force jusqu'à ressentir une chaleur digne d'un volcan se propager en elle. La reine des Ombres le vit et écrasa la jeune fille sous sa main. Elle serrer le poing pour la broyer entre ses griffes immenses, mais alors qu'un sourire triomphal se dessinait sur son visage, de fins rais de lumière jaillirent entre ses tentacules. D'autres, plus conséquents saisirent la reine en pleine face. Celle-ci poussa un cri qui fit trembler tout le Palais, et porta ses mains à ses yeux. Nour se releva alors et lui envoya toute la puissance qu'elle avait accumulée d'un seul coup. Le rayon de lumière immense transperça la reine, qui s'effondra sur le coup. Nour se retourna pour s'occuper des soldats restants, mais ceux-ci avaient tous disparu. Quelle bande de froussards...

Elle s'affala soudainement, épuisée. Elle avait oublié sa blessure à la jambe. Elle s'approcha de Yasmina et la retourna avec précaution. La jeune fille était très pâle et ses yeux étaient fermés. Son souffle était faible. Nour sentit une boule dans sa gorge, et des larmes vinrent lui piquer les yeux. « Yasmina... Réveille-toi «, murmura-t-elle en lui caressant doucement le visage. Mais son amie ne bougea pas. Elle sanglotait en silence. Zahra ouvrit les yeux en entendant la voix de son amie. « Nour, qu'est-ce qu'il se passe ? « demanda-t-elle d'une voix tremblante. Zahra s'était approchée avec la princesse. Celle-ci s'était réveillée, et cacha son visage dans la cape de Zahra lorsqu'elle vit le sang. Nour leva les yeux vers son amie, des larmes ruisselant sur ses joues. « Yasmina... elle est blessée... elle ne se réveille pas... « Zahra sentit le sang se glacer dans ses veines. Elle s'agenouilla aux côtés de Nour, et prit le pouls de Yasmina. « Elle est encore en vie, mais elle a perdu beaucoup de sang. On doit la soigner rapidement, sinon... sinon elle va mourir «, dit-elle d'une voix blanche.

- Mais... comment ? On n'a même pas de quoi la soigner ici... «, souffla son amie.

La réalité de la situation la frappa de plein fouet. Zahra se redressa brusquement. « On doit emmener Yasmina à l'Infirmerie du Palais. Vite, aide-moi à la porter. dit-elle en agrippant sa camarade sous les bras.

- Mais on ne sait même pas ou c'est !
- On demandera sur le chemin, ne t'en fais pas.

Ensemble, elles portèrent Yasmina jusqu'à l'Infirmerie du Palais. Les soigneurs les regardèrent avec des yeux ronds lorsqu'elles arrivèrent, couvertes de poussière et de sang. « Nous avons besoin d'aide ! Yasmina... elle est blessée «, s'exclama Nour d'une voix urgente. Les soigneurs immobilisèrent Yasmina sur un lit de soins, et se mirent immédiatement au travail, tentant de stopper l'hémorragie et de la stabiliser. Nour et Zahra attendirent dans un coin de la pièce, le cœur serré d'angoisse. Les minutes leur semblèrent des heures, tandis que les soigneurs s'affairaient autour de Yasmina. Enfin, après une éternité, l'un d'eux se tourna vers elles, le visage grave. « Elle a perdu beaucoup de sang, mais nous avons réussi à stabiliser son état. Elle est dans le coma pour le moment, mais elle devrait se réveiller bientôt «, dit-il d'une voix calme.

Nour et Zahra laissèrent échapper un soupir de soulagement, avant de s'effondrer sur des chaises, épuisées et bouleversées. « On a réussi à la sauver «, murmura Nour, les larmes aux yeux. *J'ai réussi à la sauver.*

Les deux amies se regardèrent un instant, reconnaissantes d'être encore en vie et entourées du soutien de la reine des Homo-Plantes. La princesse Azalée, qui était restée silencieuse pendant ce temps-là, tira sur la cape de Zahra. « Oui Azalée ? Qu'est-ce qu'il y a ?

- On peut rentrer à la maison ?
- Oui, ne t'inquiètes pas, on va rentrer et tu vas retrouver ta maman.

- Mais, Zahra, on ne va pas laisser Yasmina ici ?
- C'est vrai...
- Et on ne sait pas si la reine des Ombres à définitivement rendu l'âme. J'en doute, mais il vaudrait mieux vérifier au cas où. Restez ici toi et Azalée. Et enfermez-vous à double tour.
- Qu'est-ce qu'on fait si ça tourne mal ? »

Nour n'avait pas la réponse à cette question. « On fera face à la situation, quoi qu'il arrive. Mais je vais être prudente, ne t'en fais pas. « Nour se dirigea vers la salle du trône, où gisait encore le corps de la reine des Ombres. Elle aperçut son poignard un peu plus loin et le ramassa. Arrivée au pied du trône, où la reine s'était effondrée, Nour constata avec surprise qu'il ne restait plus rien d'elle, à part une tache de sang sombre et épais et un message planté dans le sol à l'aide de la lance de Yasmina. « Tu as voulu la guerre jeune insolente, tu l'auras. Mais saches que tu es condamnée désormais, et qu'il ne t'est plus possible de faire marche arrière. Oh, et au cas où tu voudrais savoir, j'ai emmené vos familles avec moi. Peut-être que je les utiliserais comme défouloir, qui sait ? Tu m'as tellement énervée. Mon plan secret est bientôt au point. Bientôt, Asîfa m'appartiendra, ainsi que le monde entier... »

Nour sentit son ventre se nouer. La reine était toujours en vie, et elle avait emmené leurs familles avec elle. Sa mère, son père, sa grand frère... Elle ne pouvait pas les laisser entre les mains de cette folle. Elle devait agir vite.

Elle retourna vers Zahra et la princesse Azalée, le cœur battant la chamade. « La reine des Ombres est toujours en vie, et elle a emmené nos familles avec elle. Il faut faire vite, sinon... « Nour ne put finir sa phrase, tant la crainte la prenait. Zahra la regarda avec de grands yeux, avant de serrer la main de la jeune fille avec force. « On va la retrouver, Nour. On va sauver nos familles, quoi qu'il en coûte.

- Mais... avec Yasmina dans le coma et la princesse Azalée à ramener au Royaume d'Emeraude...

Peut-être que Zahra devrait rester avec elle pour s'assurer qu'elle se remet bien...

La reine des Ombres aurait largement le temps de peaufiner son plan secret. Elle pourrait frapper n'importe où et n'importe quand, avec son armée immense. « On trouvera comment faire. J'en suis sûre. En attendant, il faut qu'on s'assure que la ville est bien libérée de l'emprise de la reine des Ombres. Et trouver le moyen de renvoyer Azalée chez elle.

- Je peux le faire toute seule ! dit-elle.

La fillette fronça les sourcils et ferma les yeux. Des lianes apparurent alors sur un mur de la pièce, et s'enroulèrent les unes sur les autres pour former un miroir... On dirait le miroir du grenier ! se dit Nour. Un passage s'ouvrit vers la salle du trône du Palais de l'Emeraude Verdoyante. La reine Sollya était assise sur son trône, tête basse, l'air abattu. Azalée passa à travers le portail, et s'écria : » Maman ! Maman ! C'est moi ! Regarde ! Je suis revenue. » Elle sembla renaître lorsqu'elle vit sa fille, sa chère petite princesse. « Oh Azalée ! Azalée c'est toi ? Tu m'as tellement manqué ! Ma tendre petite fleur, j'ai cru ne jamais te revoir ! » Les larmes coulèrent. « Maman, maman regarde. Je suis rentrée toute seule. Et j'ai réussi à ouvrir mon premier portail ! »

Nour observa la scène avec un mélange de tristesse et de joie, lorsqu'elle pensa à sa propre mère, aux mains des Ombres, sans doute affamée et désespérée. *Je vais te retrouver maman, n'en doute pas.* La reine leva la tête et aperçut les deux filles debout de l'autre côté du portail. « Vous avez réussi ! Vous m'avez ramené ma fille. Nour, Zahra, Yasmina. Sachez que je vous en serais reconnaissante jusqu'à la fin de mes jours. Vous méritez bien plus qu'une simple récompense.

- Votre Majesté, Yasmina n'est pas là. dit Nour.
- Comment cela ?
- Elle... elle a été touchée durant notre bataille contre les Ombres. Elle est gravement blessée et est tombée dans le coma. Puis-je vous demander une faveur ?
- Dis-moi, dit la reine, qui avait retrouvé sa gravité.
- Pourriez-vous l'abriter le temps qu'elle guérisse ? Zahra et moi devons rester à la capitale pour quelques temps, afin de chercher des indices sur le plan secret de la reine dont vous m'avez parlé.
- Ne vous en faites pas, nous nous occuperons d'elle comme il se doit.

Elle appela ses soldats, qui entrèrent dans l'Infirmerie du Palais pour soulever le lit de Yasmina et le transporter vers leur Royaume. *Bon, maintenant qu'elle est en sécurité, nous devons nous remettre au travail.* « Une minute, dit Zahra, c'est quoi cette histoire de plan secret ? Pourquoi tu ne nous en as pas parlé ?

- Qu'est-ce que j'aurais pu vous dire à son sujet ? Je sais juste qu'il doit forcément me concerner ainsi qu'Asîfa.
- Mais tu aurais tout de même pu nous prévenir non ?
- Je devais garder le secret...
- Tu penses qu'une fois Asîfa retrouvée tu n'auras plus besoin de nous, c'est ça ? répliqua Zahra, profondément blessée par les mots de son amie.
- Mais non, Zahra, ne sois pas idiote...

Elle regretta aussitôt ses paroles.

« Je ne suis pas idiote !
- Non, ce n'est pas ce que je voulais dire...
- Alors qu'est-ce que tu voulais dire ?
- Je...
- Je le sais, moi, ce que tu voulais me dire. Tu n'as plus besoin de nous ! Ça se voit ! répondit-elle amèrement. Quand tu as vaincu la reine des Ombres tout à l'heure, je l'ai vu dans tes yeux. Tu te sentais toute puissante ! Tu pensais que tu n'avais besoin de personne pour t'aider à vaincre la reine des Ombres. C'est donc que tu n'as plus besoin de nous.
- Non ! Zahra c'est faux ! Je ne le pensais pas !
- Arrête de mentir !
- Non ! Toi arrêtes ! Tu ne sais pas ce que c'est de devoir porter le poids du monde sur ses épaules ! J'ai un devoir dont je dois m'acquitter. L'avenir de Sathona repose sur moi. Tu comprends ?
- Oh. Oui, j'ai compris Nour. Tu n'as plus besoin de nous. Inutile de mettre en avant cela. Je l'avais parfaitement compris. Mais tu sais quoi ? Sans nous

tu n'aurais jamais pu réussir à venir jusqu'ici. Et sans nous tu ne réussiras jamais à vaincre la reine des Ombres. Tu peux penser ce que tu veux, mais c'est la vérité.

Nour fut hors d'elle. Comment osait-elle lui faire cet affront ? Elle l'avait sauvé des griffes des soldats de la reine ! Elle n'avait eu besoin de l'aide de personne pour la vaincre ! « Dégage ! cria-t-elle. Hors de ma vue ! C'est vous qui n'êtes rien sans moi ! Je n'ai plus besoin de toi ! Je vais déjouer les plans de la reine, la vaincre, et rentrer avec mes parents. Je n'ai plus besoin de vous deux ! »

Zahra recula, peinée, et sortit de l'Infirmerie en courant. Le voile de rage couvrait ses oreilles, ses yeux et son cœur se dissipa, et Nour sentit instantanément coupable. Sa blessure à la jambe saignait et lui faisait de plus en plus mal. *Oh non... Qu'est-ce que j'ai fait ?* Elle sortit de la pièce aussi vite que lui permettait sa jambe. Zahra était sûrement retournée dans la salle du trône pour récupérer son arme. Pourtant, arrivée dans la grande pièce circulaire, elle ne trouva personne. *Et si elle s'était fait enlevée ? Et si on l'avait attaquée ?* Elle fouilla dans les pièces adjacentes à la salle du trône, mais ne trouva rien. *Mais où est-elle ?* Elle s'en voudrait toute sa vie si Zahra mourait par sa faute.

Alors qu'elle avait renoncé et s'apprêtait à retourner à l'Infirmerie, le bruit d'une bagarre retentit à l'extérieur. Nour se précipita sur une terrasse voisine au couloir qu'elle venait de traverser et se pencha par-dessus la balustrade pour essayer de trouver son origine. Elle vit alors Zahra, encerclée par un groupe de soldats portant le sceau impérial. L'un d'entre eux lui avait arraché son épée et lui avait tordu les bras derrière le dos pour la maintenir en place. Un autre gémissait de douleur au sol. Une mare de sang s'était formée à côté de lui. *Visiblement, Zahra s'est bien défendue,* se dit Nour. *Mais qui est cet homme en face d'elle ?*

Un homme vêtu d'un long manteau rouge foncé se tenait en face de la jeune fille, qui couvait ce dernier d'un regard haineux. Il se pencha pour lui murmurer quelque chose et sortit un couteau tranchant de sa poche. En le voyant, le sang de Nour ne fit qu'un tour. *Pas question qu'il lui fasse le moindre mal ! C'est ma faute s'il elle s'est retrouvé dans cette situation.* Zahra répond quelque chose d'inaudible. L'homme en rouge lui plaqua la lame du couteau sur la gorge et réitéra ses propos, plus fort cette fois : » Vas-tu me ire où se trouve cette niaise d'Elue ? Ou alors peut-être que tu préférerais mourir. Oui, ce serait peut-être plus judicieux de ma part. Je n'aurais plus à me soucier de toi. Et je pourrais m'occuper de tes amies comme il se doit. C'est bien toi la tête pensante du groupe, n'est-ce pas ? » Zahra grogna, mais ne répondit pas. L'inconnu enfonça sa lame dans le cou de Zahra qui poussa un petit cri. Un filet de sang dévala son cou et plongea dans sa tunique. « Réponds !

- Oui.

Sa voix était faible. *Elle est déjà blessée. Il faut que je fasse quelque chose ou il la tuera ! Mais comment ? Ils sont trop nombreux !* « Bien, reprit-il. Conduis-moi jusqu'à ton amie, et tu auras la vie sauve. Quant à l'autre, j'ai déjà envoyé le meilleur de mes assassins à ses trousses. Elle n'a aucune chance de survivre. » *Mais comment sait-il que Yasmina a été transportée au Royaume d'Emeraude ?* paniqua Nour. *Oh. Mais attends… Les soigneurs évidemment ! Ils nous ont dénoncés !* Zahra ferma les yeux et dit : » Jamais. Et vous pouvez toujours vous brosser pour qu'elles se laissent faire. Dès que mes amies sauront que vous m'avez prise en otage, attendez-vous à mourir dans les deux jours qui suivent. Elles sont impitoyables avec ceux qui font du mal à leurs proches.

- Je ne t'ai pas autorisé à parler ! éructa-t-il. Et il enfonça plus profondément le couteau dans la gorge de Zahra.

Celle-ci poussa un hurlement de douleur lorsqu'une véritable vague de sang jaillit de la plaie béante de son cou. En voulant appeler à l'aide, elle s'étouffa dans son propre sang et toussa longuement. L'homme la regarda de haut et fit signe à ses hommes de la relâcher. « Allons-nous-en, dit-il. Elle ne nous est de plus d'aucune utilité. » L'escadron de soldats se mit en rangs derrière cet homme au manteau sombre, puis ils disparurent en un clin d'œil, sans que Nour ait eu le temps d'apercevoir par où ils étaient partis. Mais à cet instant, toutes ses pensées étaient dirigées vers celle qui se vidait de son sang progressivement sur les dalles marbrées de la cour intérieure. *Zahra !* Nour sauta du haut de la balustrade et se précipita au chevet de son amie. « Zahra. Allez, réveille-toi. Réveille-toi. S'il te plait. Zahra. » Aucune réaction de sa part. « Réveille-toi ! » Les larmes coulaient sur les joues de

Nour tandis qu'elle tentait désespérément de ranimer Zahra. Elle arracha un morceau de sa tunique pour essuyer le sang qui continuait à s'écouler de la blessure de son amie. « Zahra, reste avec moi. Ne me laisse pas seule. « Mais Zahra ne répondait pas. Son visage devenait de plus en plus pâle, son pouls ralentissait de plus en plus. Nour sentait le désespoir l'envahir. Elle ne pouvait pas la perdre. Pas elle, pas maintenant.

Un bruissement dans les broussailles derrière elle attira son attention. Peut-être y avait-il quelqu'un qui pourrait soigner Zahra ? « A l'aide ! Il y a quelqu'un ? Mon amie est blessée ! S'il vous plait ! Est-ce qu'il y a quelqu'un ? » Pas de réponse. Nour commençait à perdre espoir, lorsqu'une fille sortie d'on ne sait où s'avança vers elle, méfiante. Nour essuya ses larmes du revers de la main pour mieux observer cette inconnue. Ses cheveux étaient noirs comme l'ébène et elle avait des taches de rousseur sur tout le visage. Son expression sérieuse ses joues maigres lui donnaient l'air d'avoir plus de quinze ans, alors qu'elle en avait que dix. « S'il vous plait, supplia Nour. Mon amie est en train de mourir. Il faut que vous m'aidiez ! Je ne veux pas qu'elle me quitte.

- Qui êtes-vous ?
- Je m'appelle Nour. Et voici mon amie Zahra. Elle a été attaquée par un homme en rouge qui lui a tranché la gorge avec son couteau.
- Un homme en rouge ? répéta pensivement la fille. Je ne suis pas sûre qu'elle ait une chance de survivre. Mais je vais vous aider. Vous ne me semblez pas dangereuse.

Nour sentit un soulagement immense l'envahir. Enfin, quelqu'un allait aider Zahra. La jeune fille s'agenouilla à côté d'elle, lui inspectant la blessure avec un regard expert. Elle sortit alors un étrange mélange d'herbes et de liquides d'une bourse qu'elle portait à la taille, et commença à l'appliquer sur la plaie de Zahra. Nour observait, impuissante, espérant pour que cela fonctionnerait. Après quelques minutes, Zahra ouvrit faiblement les yeux, regardant autour d'elle avec confusion. Son regard croisa celui de Nour, et un faible sourire naquit sur ses lèvres. « Nour... » murmura-t-elle. Nour éclata en sanglots, soulagée de voir son amie en vie. La jeune fille aux cheveux noirs se leva et s'éloigna rapidement, sans dire un mot de plus.

Nour se tourna vers Zahra, la prenant dans ses bras, reconnaissante mais préoccupée. *Qui était cette fille ? D'où venait-elle ?* Zahra se redressa péniblement, touchant sa gorge guérie avec incrédulité. ***Je ne sais pas, Nour.*** répondit Asîfa. ***Mais une chose est sûre, nous devons la retrouver et lui dire merci. Et tu devrais demander pardon à Zahra pour tout à l'heure.*** Nour acquiesça silencieusement, les larmes continuant de couler sur ses joues. Elle savait qu'elle avait blessé Zahra, et qu'elle devait réparer cette erreur. Mais pour l'instant, elle ne pouvait penser qu'à une chose : remercier cette mystérieuse sauveuse, et se lancer à la recherche de la reine des Ombres, plus déterminée que jamais.

Chapitre 9

Nour se releva, en aidant Zahra à en faire de même, et toutes deux se dirigèrent vers le Palais. *Nous ne pouvons pas rester ici.* se disait-elle. *Si cet homme me cherchait, je doute que ce soit pour de bonnes raisons. Autant aller m'égorger moi-même. Et avec les affiches qui ont été collées partout dans la ville...* Elle avait remarqué les regards insistants et malveillants de certains passants. *Ils doivent sûrement être au courant pour la récompense, nous avons donc intérêt à filer. Mais comment ? Nous n'avons pas trouvé les réponses à nos questions, et Zahra est dans un piètre état. Nous ne pouvons pas retourner au Royaume d'Emeraude, où aller ?* Alors qu'elles sortaient de l'enceinte du Palais, Nour percuta une grande silhouette portant une cape à capuche noire, et dont celle-ci masquait le visage. Elle sursauta, puis recula d'un pas, prête à se défendre. Mais la silhouette leva lentement la main pour montrer qu'elle ne représentait aucun danger. » Excusez-moi, je ne voulais pas vous faire peur, » dit une voix rassurante de derrière la capuche.

Nour dévisagea la silhouette, essayant de percevoir quelque chose à travers l'obscurité de la capuche. Finalement, la personne bougea légèrement, laissant entrevoir un visage à l'expression indéchiffrable. Un jeune homme qui semblait avoir à peu près son âge leur sourit. Malgré son air amical, Nour ne put s'empêcher de trembler. Elle n'aimait pas ce qu'elle voyait dans ses yeux. « Qui es-tu ? » demanda-t-elle d'un ton méfiant.

Le jeune homme inclina légèrement la tête et répondit : « Je m'appelle Nuage. Je suis un allié et je peux vous aider. » Nour et Zahra échangèrent un regard perplexe. Elles avaient du mal à faire confiance à cet inconnu, mais en même temps, elles se sentaient désespérées et avaient besoin d'aide. « Comment pouvons-nous te croire ? » demanda Zahra, la voix tremblante. Nuage sourit de nouveau et sortit une bourse de sa poche. Il en extirpa une petite pierre bleue scintillante et la tendit à Nour. « C'est un cristal de confiance. Si vous le tenez, vous pourrez sentir mes intentions. Je veux juste vous aider à vous échapper d'ici. » Nour hésita, et saisi la pierre précieuse.

Elle était chaude, dans sa main, et de petites ondes vibraient de part et d'autre du diamant et se répercutaient en Nour. *Pratique mais... Je n'ai toujours pas confiance.* SI le cristal lui permettait maintenant de voir les véritables intentions du jeune homme, en revanche, il lui était impossible de discerner sa personnalité, comme si elle était enfouie sous des couches et des couches de pierre, impossible à entrevoir. *Pourtant je saisis bien Zahra, là. Mais bon en même temps je la connais depuis longtemps alors c'est normal. Mais là... C'est bizarre.* Elle se sentait mal à l'aise, si bien qu'elle finit par rendre le cristal bleu au jeune homme. Il sourit encore une fois, la rangea dans sa bourse et la remit dans sa poche. « Je peux vous aider à quitter au plus vite l'Empire si c'est ce que vous désirez. La frontière n'est qu'à quelques heures de cheval. C'est largement faisable. *Que faire ?* se dit Nour. *Le suivre ? Mais s'il nous tendait un piège ? Je ne peux pas prendre le risque de mettre Zahra en danger. Elle n'est pas du tout en été de se battre. Et ce serait bête de refuser l'aide de quelqu'un. Et au pire, je n'aurais qu'à l'éblouir un peu s'il venait à révéler ses véritables intentions.* Elle se redressa de toute sa hauteur et déclara : » Nous vous suivons, mais sachez qu'au moindre faux pas. Je vous réduirai en poussière, c'est bien clair ? »

Il éclata de rire, la perturbant grandement, mais elle n'en laissa rien paraître. » Promis, je vous jure que je ne suis pas un ennemi pour vous. » Nour et Zahra se consultèrent du regard. *Bon... On n'a pas franchement le choix, alors...* Les deux jeunes filles décidèrent finalement de le suivre, espérant qu'il tiendrait parole. Ils se mirent en route rapidement, marchant à un rythme soutenu. Il leur expliqua qu'il connaissait une passe secrète à la frontière de l'Empire, qui leur permettrait de sortir discrètement et sans risquer d'être repérées. Nour était reconnaissante de cette aide providentielle, mais ne pouvait s'empêcher de se méfier de ce mystérieux allié. Elle gardait une main sur son poignard, prête à se défendre en cas de besoin.

Au fur et à mesure qu'ils avançaient, Nour se sentait de plus en plus tendue. Elle ne pouvait s'empêcher de scruter les alentours, craignant une attaque surprise. Zahra semblait plus détendue, mais elle restait sur ses gardes. Nuage marchait devant, indiquant le chemin à suivre. Ils se trouvaient désormais près de la frontière, et Nour sentait une forme d'appréhension grandir en elle. Que se passerait-il une fois qu'ils seraient sortis de l'Empire ? Où iraient-ils ? Il lui semblait que le destin était incertain, et elle se sentait perdue.

Soudain, Nuage s'arrêta brusquement et se tourna vers elles, son expression sérieuse. « Nous y sommes, « annonça-t-il. Nour regarda autour d'elle, essayant de repérer la passe secrète dont Nuage avait parlé. Mais rien ne semblait indiquer son emplacement. « Où se trouve-t-elle ? « demanda-t-elle, perplexe. Nuage pointa du doigt un bosquet d'arbres un peu plus loin. « C'est par là, « dit-il. Nour et Zahra le suivirent, se faufilant à travers les buissons et les branches. Ils finirent par arriver devant un grand rocher, dissimulé derrière des branches. Le jeune homme s'approcha et appuya sur une pierre cachée dans le roc. Un grincement retentit, et une porte secrète s'ouvrit lentement. Nour et Zahra échangèrent un regard étonné, avant de suivre Nuage à l'intérieur. Ils se retrouvèrent dans un tunnel sombre, éclairé seulement par des torches accrochées aux murs. Nour resserra sa prise sur son arme, se sentant de plus en plus méfiante.

Alors qu'ils avançaient dans le tunnel, Nour sentit une présence inquiétante derrière eux. Elle se retourna brusquement, mais ne vit rien d'autre que l'obscurité. « Zahra, reste sur tes gardes, « chuchota-t-elle. Zahra hocha la tête, l'air tendu. Nuage semblait ne rien remarquer, continuant d'avancer avec assurance. Nour sentait son cœur battre la chamade, se demandant ce qui les attendait à la sortie du tunnel.

Finalement, ils débouchèrent à l'extérieur, près de la frontière de l'Empire. Un cheval les attendait, sellé et prêt à partir. Nuage leur fit signe de monter, et Nour et Zahra obéirent, se sentant soulagées d'avoir atteint la frontière. Nuage suivit à pied, les guidant à travers les collines et les champs, loin de l'Empire. Nour se sentit soulagée, réalisant qu'elles venaient de quitter un endroit qui failli être leur lieu de repos définitif.

Alors qu'ils avançaient vers l'inconnu, Nour se tourna vers Nuage, une question brûlant ses lèvres. « Pourquoi nous as-tu aidées à sortir de l'Empire ? « demanda-t-elle. Nuage la regarda, un sourire énigmatique sur les lèvres. « Parce que je crois en votre mission, « répondit-il simplement. Nour sentit une vague de confiance la traverser, et malgré sa méfiance qui persistait, une étincelle d'espoir naissait en elle. *Peut-être que ce mystérieux allié est celui dont nous avions besoin pour affronter la reine des Ombres et sauver le monde finalement.*

Cependant, arrivés dans une zone couverte d'arbres et de buissons épineux, une horde de brigands, tous armés jusqu'aux dents, surgit devant les deux filles et leur accompagnateur. Le cheval se cabra d'effroi, et projeta sa charge à terre. Nour et Zahra atterrirent lourdement. Zahra se tordit de douleur lorsque son dos heurta le sol. Nour jeta un coup d'œil aux hommes qui les avaient arrêtés. A y voir de de plus, il ne s'agissait pas de brigands. *Des gens déguisés en brigands, et cet homme au milieu d'eux qui ne nous quitte par les yeux, qui est-ce ? Il me dit quelque chose… Où l'ai-je déjà vu ?* Nuage s'avança vers eux, les mains levées. « Compensation, nyz et victoire. » dit-il. *Qu'est-ce que ça signifie ?* se demanda Nour. *J'espère que ce n'est pas un piège. Il communique avec eux par code. Est-ce qu'il avait prévu de nous vendre à ces crapules !* Mais avant même qu'elle puisse réagir, les hommes se ruèrent sur eux, empoignant les deux filles avec brutalité. Nour se débattit, tentant de se libérer de leur emprise, mais en vain. Zahra était déjà en mauvaise posture, blessée et incapable de se défendre. Nuage les regardait, impuissant, ses intentions encore une fois mystérieuses. Un homme à l'air hautain et au long manteau rouge sombre s'approcha, le sourire aux lèvres. Lui ! Nuage avait donc prévu de nous vendre et d'empocher la récompense ! Je vais le carboniser ! L'homme en rouge remit une bourse remplie à craquer de pierres précieuses blanches. Nuage sourit en comptant l'argent. « Nuage ! s'écria Zahra. Pourquoi ?

- Les temps sont durs, répondit-il. Les privations de cessent d'empirer, et le prix des matières premières d'augmenter. Je n'avais pas le choix. Et puis, ils retiennent ma famille. Avec cet argent, je pourrais les aider et leur assurer un minimum de confort. Ce n'était pas une offre à refuser, en somme.

- Mais... On t'a fait confiance pour nous aider ! Tu nous avais promis que tu ne représentais aucun danger pour nous !

- Oui, vous avez été naïves. Dommage pour vous. Messire Esterad, fit-il en se tournant vers l'homme en rouge. Puis-je revoir ma famille maintenant ?

- Peut-être plus tard, fit celui-ci distraitement. Nous avons encore besoin de tes services de chasseur de primes.

- Vous m'aviez promis que je le reverrais dès que j'aurais accompli ma mission.

- Comme tu avais promis à ces jeunes demoiselles que tu ne représentais aucun danger pour elles.

Entre toi et moi, lequel de nous deux à la parole la plus fiable ?

Nuage se tut, en sachant que répondre. Messire Esterad se détourna, satisfait, et ordonna : » Attachez-les solidement. Nous partons pour Opaline demain. »

Nour écumait de rage. Elle regarda Nuage avec mépris et dégoût. Elle avait eu tort de lui faire confiance, tort de croire en ses belles paroles. Maintenant, elles étaient toutes les deux entre les mains de ces hommes sans scrupules, et elles pouvaient dire adieu à leur liberté.

Alors que les soldats les emmenaient vers un campement provisoire pour la nuit, Nour se mit à réfléchir à un moyen de s'échapper. Elle savait qu'elles devaient rester unies et trouver un moyen de se libérer de leurs liens. Elle jura de ne plus jamais accorder sa confiance aussi facilement, et de se battre pour leur liberté coûte que coûte. La nuit tomba, et Nour et Zahra furent enfermées dans une cage rudimentaire, gardées par des hommes armés. Nour sentit la fatigue la gagner, mais elle savait qu'elle ne pouvait pas se permettre de faiblir. Elle murmura des encouragements à Zahra, lui promettant qu'elles trouveraient un moyen de s'échapper ensemble.

Le lendemain matin, au lever du soleil, Nour se réveilla. Elle sentait la détermination grandir en elle, le désir de se libérer de ces chaînes et de fuir cet enfer. Elle savait qu'elles devaient agir vite, avant que leurs ravisseurs ne décident de les emmener à Opaline. Alors qu'elle cherchait un moyen de désarmer le garde le plus proche, Nuage s'approcha de la cage, un air contrit sur le visage. « Je regrette ce que j'ai fait. « dit-il à voix basse. « Mais il était trop tard pour faire marche arrière. Je ne voulais pas que mes proches souffrent à cause de moi. « Nour le regarda avec mépris. « Tes excuses ne changent rien à la situation dans laquelle tu nous as mises, « cracha-t-elle. « Tu nous as trahies, et tu devras en assumer les conséquences.

- S'il te plait, laisse-moi vous aider. J'aimerais me racheter.
- On ne prend pas en considération la parole d'un traître. Tu n'es pas digne de confiance.

Nuage se détourna à moitié, et murmura : » Je sais me rendre utile. Je vous aiderais, même si ce n'est pas ce que tu veux. » Nour l'ignora et retourna au fond de la cage. Nuage soupira, et partit rejoindre Messire Esterad et ses soldats. « A ton avis, demanda Zahra. Que vont-ils faire de nous ?

- Nous tuer, gronda Nour qui peinait à garder son calme. Elle avait envie de tous les carboniser.

« Ne dis pas ça, Nour. » murmura Zahra. « Il faut garder espoir, on trouvera un moyen de s'échapper, je te le promets. » Nour regarda Zahra, touchée par sa détermination. Elle savait qu'elle devait rester forte pour son amie, pour elles deux. Elles étaient dans une situation difficile, mais elles ne pouvaient pas abandonner. Elles devaient à tout prix trouver un moyen de s'échapper.

Alors qu'elles étaient en train de réfléchir à un plan, Nuage revint vers elles, une expression déterminée sur le visage. « J'ai un plan. « chuchota-t-il. « Mais vous devez me faire confiance. « Nour le regarda avec méfiance et colère. *Après tout ce qu'il a fait ? Quel culot de sa part !*

Mais elle sentit que c'était peut-être leur seule chance de s'en sortir. Elle hocha la tête, prête à écouter ce qu'il avait à dire. Nuage leur expliqua son plan : il avait repéré une faille dans la sécurité du campement, une zone où les gardes étaient moins vigilants. Il leur proposait de les distraire pendant que Nour et Zahra essaieraient de s'échapper. Il leur assura qu'il était prêt à risquer sa vie pour les aider, pour se racheter de sa trahison. Nour et Zahra échangèrent un regard, se demandant si elles pouvaient vraiment faire confiance à Nuage. Mais elles décidèrent de tenter le coup, se disant que c'était peut-être leur seule chance de s'en sortir.

Ils décidèrent d'attendre la nuit tombée. Au début, Le plan se déroula sans accroc : Nuage distraya les gardes pendant que Nour et Zahra se faufilaient hors de la cage et couraient à travers le campement. Mais Nour heurta une grosse pierre pendant sa course, et tomba dans un bruit sourd en poussant un petit cri. Petit, mais suffisamment fort pour attirer l'attention des gardes de l'autre côté, qui se ruèrent vers les deux jeunes filles en les apercevant. « Les prisonnières, elles s'enfuient ! » hurlèrent-ils. Nuage vit les filles courir pour sauver leur vie, et dégaina son épée pour se jeter sur les gardes qui les poursuivaient.

Il en abattu un, mais trois autres se jetèrent sur lui et le plaquèrent au sol. Il essaya de se défaire d'eux mais ils étaient plus forts et plus nombreux. Le nombre de soldats de cessait d'augmenter. Nour s'arrêta. *Nous devons aller l'aider !* Elle fonça sur les agresseurs et en poignarda deux au cœur. Elle lacéra le visage d'un troisième et repoussa un autre dans d'épaisses ronces, où il s'empêtra. Malgré l'aide de Nour, Nuage était en grande difficulté. Les soldats l'avaient acculé dans une impasse, et ne cessaient de l'invectiver à coups d'épée et de lance. Il avait le visage en sang et boitait. L'un des soldats s'avança et lui coupa le bras droit. Nuage poussa un cri de douleur et s'effondra sur le sol. Il jeta un regard à Nour et lui cria : » Va-t'en ! Allez-vous en ! Je vais me débrouiller ! Fuis !

- Non ! Je refuse de te laisser ! Elle fut saisie d'effroi. *Et s'il mourrait par ma faute ?*

La jeune fille sentit qu'on la tirait en arrière. Elle se débattit sauvagement, avant de voir que c'était Zahra qui lui tenait le bras, son visage inondé de larmes, et le regard triste. « Viens Nour, on ne peut plus rien pour lui. C'est trop tard. » Nour se refusait à y croire. « Non, je te dis ! On peut encore le sauver !

- Ecoute-moi Nour ! Il nous a dit de fuir. Sinon ils nous tomberont dessus et ils nous feront subir le même sort que lui.
- Mais je… Je…

Nour s'effondra sur le sol. Elle pleurait. Elle savait que Zahra avait raison. Pourtant, elle ne pouvait s'y résoudre. « Allez, viens. » Zahra la prit doucement par la main et elles s'enfuirent dans la nuit. Nour se retourna juste à temps pour voir Messire Esterad saisir Nuage par le col, et lui trancher la tête d'un seul geste.

Nuage… Je te jure que je te vengerais.

Chapitre 10

Les deux jeunes filles coururent aussi vite qu'elles le purent, le cœur lourd de chagrin et de culpabilité. Elles se sentaient dévastées par la perte de leur ancien allié, mais elles savaient qu'elles devaient continuer à avancer pour sauver leur propre vie. Elles parcoururent des kilomètres dans la nuit, se cachant entre les buissons et les arbres pour échapper à leurs agresseurs. Elles pensaient sans cesse à Nuage, à sa trahison et à sa mort tragique. Mais elles se promirent de se venger de Messire Esterad et de ceux qui les avaient capturées. « Zahra, demanda Nour, hors d'haleine. Où sommes-nous ?

- Je ne sais pas. Je ne sais même pas si nous sommes proches ou éloignées de la frontière de l'Empire.

- A ton avis, où est-ce qu'on va maintenant ?

- Je ne sais pas non plus.

- On devrait peut-être essayer de retourner au Royaume d'Emeraude non ?

- Pour causer encore plus de problèmes à la reine ? Hors de question. Si on est suivies jusqu'e là-bas, elle risque de nous en vouloir. Et en plus, Yasmina est toujours là-bas.

- Mais... Le type en rouge n'avait pas dit qu'il avait envoyé un assassin pour la tuer ? s'alarma Nour.

- Si… Mais je doute que Yasmina se laisse assassiner aussi facilement. Et puis Sollya veille sur elle. Elle nous l'a promis, tu te rappelles ?
- Hmm…

Nour se doutait que la reine des Homo-Plantes était quelqu'un d'honnête, mais le mot « promesse » ne lui inspirait plus confiance depuis leur dernière mésaventure. « Tu as raison, on ne peut pas retourner au Royaume d'Emeraude pour l'instant. Trouvons un endroit où nous pourrons nous reposer en sécurité et réfléchir à notre prochain plan.
- D'accord, mais où est-ce qu'on pourrait aller ?
- Je ne sais pas encore, mais nous devons rester vigilantes. Les espions d'Esterad pourraient être partout.

Elle se turent, la gorge nouée par les sanglots au souvenir de Nuage. Nour s'était jurée de le venger tôt ou tard, mais leur situation compliquait les choses. « Dis, dit soudainement Zahra. Tu te souviens du royaume voisin à celui de l'Emeraude dont Pachyra nous avait parlé quand nous l'avons rencontrée ?
- Oui. Je crois que c'était le Royaume des Morths, non ?
- Oui, c'est ça. On pourrait essayer de s'y rendre. Qu'est-ce que tu en penses ?
- Je pense que nous n'avons aucune idée de comment ils réagiront en sachant qui je suis et tout ce que nous avons fait. Si ça se trouve, ils ne voudront rien avoir à faire avec nous et ils nous livreront à l'ennemi.
- Peut-être, mais on n'en sait rien. Il faut quand même que nous essayons.

- Je ne suis pas convaincue...
- Je sais, mais on n'a pas vraiment d'autre choix. J'ai perdu ma carte du monde de Sathona au Palais. On ne connait pas d'autre destination.
- Donc tu ne sais pas comment te rendre dans ce royaume non plus, c'est ça ?
- C'est ça...

Les deux jeunes filles soupirèrent de concert. La plaie qu'avait Nour à la jambe s'était infectée, et elle marchait de plus en plus difficilement. Les égratignures de Zahra s'étaient refermées, et de petites croûtes parsemaient son visage et ses mains. *Ça fait super mal...*

Nour transpirait de plus en plus. *On est en pleine nuit et il ne fait pas chaud du tout. Qu'est-ce qui m'arrive ?* Elle s'effondra, face contre terre. « Nour ! » Zahra se précipita au chevet de son amie. Son pouls était irrégulier et sa respiration était saccadée. Elle tremblait de tout son corps et sa peau était devenue pâle. Elle était à deux doigts de s'évanouir. « Nour, reste avec moi, s'il te plaît ! s'exclama Zahra, paniquée. Nous devons trouver de l'aide, vite ! » Zahra réussit à soulever Nour et à la porter sur son dos, malgré la douleur dans son propre corps. Elle se mit à courir à travers la forêt, à la recherche d'un endroit sûr où elles pourraient se reposer et trouver de l'aide.

Après de longues minutes d'effort, Zahra repéra une lumière au loin. Elle se dirigea vers cette lueur, espérant trouver quelqu'un qui pourrait les aider. Arrivant enfin à la source de lumière, elle vit une petite cabane dans la forêt. Sans hésiter, elle frappa à la porte et appela à l'aide.

Une vieille femme ouvrit la porte, surprise de voir deux jeunes filles en détresse au milieu de la nuit. Sans poser de questions, elle les invita à entrer et les fit s'asseoir près du feu. Zahra expliqua la situation de Nour à la vieille femme, qui par chance était une guérisseuse expérimentée. L'intérieur de la cabane de la guérisseuse était chaleureux et accueillant, malgré son apparence modeste. Les murs étaient recouverts de plantes médicinales séchant au plafond, remplissant l'air d'un parfum apaisant de lavande et de sauge. Il y avait une petite cheminée dans un coin, émettant une douce lumière et une chaleur réconfortante. La pièce était meublée de quelques chaises en bois et d'une table basse sur laquelle étaient disposés divers ustensiles de médecine et potions.

La guérisseuse fit asseoir Nour sur un lit de fortune et examina la plaie infectée de sa jambe avec attention. Elle prépara un onguent à base de plantes et l'appliqua sur la blessure, avant de bander soigneusement le membre douloureux. Pendant ce temps, Zahra était assise sur une chaise non loin de son amie, inquiète mais soulagée de voir qu'elles avaient enfin trouvé de l'aide. La guérisseuse s'occupa également des blessures légères de Zahra, nettoyant ses égratignures et appliquant un baume cicatrisant. Elle leur offrit ensuite une tisane apaisante pour les réconforter, tout en écoutant attentivement leur récit de leur fuite et de leur rencontre avec Messire Esterad.

« Cet homme est une véritable raclure qu'il faut éliminer de la surface de la terre. » conclut Nour d'une voix faible. La guérisseuse les écouta attentivement et hocha la tête avec compréhension. « Oui, effectivement, je comprends. Mais dites-moi, vous ne m'avez pas raconté la raison de votre capture par ces hommes. « Zahra et Nour échangèrent un regard suspicieux, se demandant si elles pouvaient se confier à cette vieille femme intrigante. Finalement, Zahra prit une profonde inspiration et commença à expliquer à la guérisseuse comment elles en étaient arrivées là, leur rencontre avec la reine des Homo-Plantes, leur périple pour aller délivrer leurs parents de la reine des Ombres, leur défaite. guérisseuse écouta attentivement, ressentant la douleur et la détermination qui émanaient des jeunes filles.

Après avoir écouté leur récit, la guérisseuse leur adressa un regard empreint de compassion. « Je suis désolée pour ce qui vous est arrivé, mes enfants. Sachez que vous êtes en sécurité ici. « *Mais comment pouvons-nous en être sûres ?* se dit Nour. La vieille guérisseuse poursuivit : » Je m'appelle Elle. Je vous aiderai à vaincre la reine des Ombres.

- Nous serions honorées de recevoir votre aide, dit Zahra.
- Mais nous devons faire vite, ajouta Nour. La reine prépare quelque chose. Et c'est sûrement mauvais.
- Oui, répondit Elle. Je le sens. La Part d'Ombre de Sathona est en train de gagner en puissance. Nous devons les arrêter avant qu'il ne plonge le reste de la planète dans les ténèbres.

Elle se leva pour aller remplir un pichet d'eau et le poser sur le feu dans la cheminée. « Je vais vous entrainer. Nous commencerons dans une semaine, lorsque Nour aura repris des forces. Les filles se regardèrent, et acquiescèrent. Elles sentaient qu'elles pouvaient faire confiance à cette vieille dame. Nour espérait si fort, qu'elle s'autorisa à penser : *C'est peut-être elle finalement, la source de notre salut.*

Les semaines passaient, et les filles se remettaient des épreuves qu'elles avaient subies ces derniers jours. Zahra et Nour passaient de longues heures par jour à s'entraîner avec Elle. La guérisseuse leur enseigna les rudiments du combat, leur apprenant à utiliser leurs pouvoirs de manière plus efficace. Zahra découvrit un jour, lors d'une séance d'entraînement près d'une source d'eau, qu'elle possédait le pouvoir de contrôler les éléments aquatiques. Sous le regard émerveillé de la vieille femme, elle fit jaillir des gerbes d'eau de la source, les façonnant en de magnifiques formes cristallines (et trempant « involontairement » Nour qui l'avait poussée juste avant). Nour quant à elle, se concentra sur son pouvoir de lumière, apprenant à le canaliser pour renforcer son corps et ses capacités physiques. Elle devenait plus forte chaque jour, parvenant même à maitriser la lumière environnante pour la renvoyer sous forme de décharges ultra-puissantes. « C'est moins épuisant. » lui avait dit Elle. « Et ça fait plus classe à mon goût. » avait-elle ajouté dans un clin d'œil. Pendant ce temps, Elle leur révéla qu'elle était en réalité une métamorphe, capable de se transformer en n'importe quelle forme qu'elle choisissait. « Vous pouvez même imiter les êtres humains ? demanda Nour

- Oui, fit-elle en riant. A ce sujet, je me souviens d'une blague que j'avais faite à mon voisin une fois.

Mais ça m'a valu une grosse punition et deux semaines de nettoyage du four de la maison.

- Racontez-là nous s'il vous plait ! réclama Zahra.

- Bien. A l'époque, nous possédions une grande ferme qui partageait ses récoltes avec notre voisin. Celui-ci entretenait une vieille rancœur envers mon père car il avait empiété sur ses terres par inadvertance. Mon père a tout tenté pour se racheter, en vain. Le voisin l'avait même menacé de faire appel aux huissiers de l'Ordre du Pouvoir.

- C'est quoi, l'Ordre du Pouvoir ?

- Une organisation très puissante qui gère l'économie et la politique de l'Empire, ainsi que l'armée impériale. Elle gère également les relations diplomatiques entre l'Empire et les autres territoires. Elle siège dans la ville d'Opaline.

Opaline ! se dit Nour. C'est là qu'Esterad voulait nous emmener. Mais que comptait-il nous faire une fois arrivées là-bas ? « Je disais donc. Mon père faisait des insomnies à l'idée de voir débarquer chez nous les huissiers de l'Ordre du Pouvoir. J'ai alors décidé d'aller donner une bonne leçon au voisin. J'ai pris l'apparence d'un juge de l'Ordre de la Justice que j'avais déjà aperçu, et, dans le silence de la nuit, je me suis rendue chez lui et j'ai frappé à la porte. J'ai crié : » Ouvrez, monsieur je vous prie ! Je suis le juge Truintar accompagné de ses adjoints. Votre voisin nous a sollicités pour que justice soit faite quant à la menace que vous avez proférée à son égard. » Je ne vous dirais pas le fou rire que j'ai eu en entendant le voisin supplier : « Non ! Epargnez-moi s'il vous plait !

Je ne lui en veux plus ! C'est bon ! Allez lui dire que je ne porterais pas plainte, mais par pitié, laissez-moi la vie sauve ! » Bon, bien sûr, il m'a reconnue, et m'a amenée chez mes parents qui se demandaient où j'vais bien pu disparaître ainsi. Ma mère m'administra une bonne correction et m'envoya au lit. « Privée de sortie ! Tu me recopieras demain trois cent fois : » Je ne dois pas effrayer mes voisins inutilement et par tromperie ! Ah ! Et tu nettoieras le four pendant deux semaines ! Au lit maintenant je ne veux plus te voir ! » J'ai pleuré pendant des heures, mais au final, ce n'était pas si dur que ça. Je m'en rends compte maintenant. » Elle, Nour et Zahra rirent de bon cœur de cette mésaventure de la vieille guérisseuse, puis partirent se coucher. Juste avant de fermer les yeux, Nour demanda : « Elle ?

- Oui, ma petite ?
- D'où viennent les Ombres s'il vous plaît ? Et pour quoi sont-elles si mauvaises ?
- Ah, ça, c'est une très longue histoire ma petite. Je te la raconterais peut-être demain.
- S'il vous plait ! J'ai vraiment très envie de savoir !
- Tu auras les réponses à tes questions quand le moment sera venu pour toi de savoir, Nour. Dors maintenant.

On m'a déjà dit cette phrase ! se rappela Nour. Et, juste avant qu'elle ne sombre, une voix lointaine lui parvint, comme un appel à l'aide. **Nour ! Dépêche-toi ! Le temps presse. Si tu n'agis pas maintenant, le monde sombrera dans le chaos !**

Le lendemain matin, alors que le soleil n'était pas encore levé, et que la rosée faisait scintiller chaque brin d'herbe, Nour se leva discrètement, et sortit de la cabane de la guérisseuse sans un bruit. Elle alla s'asseoir en haut d'une petite colline couverte de bruyère humide et se mit à réfléchir. *Nous avons tant appris au cours de ces dernières semaines. J'espère que les conseils d'Elle nous seront utiles lors de notre quête. Je me demande où est passé la reine. Asîfa ?* **Oui, Nour ?** *Est-ce toi qui m'a appelée hier juste avant que je m'endorme ?* **Non, pourquoi ?** *Ah bon ? C'était troublant. On aurait dit que cette voix me connaissait.* **Etrange. Aucune autre « voix » à part moi ne peut entrer en communication avec toi. Il faut que j'étudie ça de plus près.** *D'accord, merci. Donne-moi ta réponse quand tu auras trouvé.* **Compte sur moi Nour.**

La jeune fille resta assise sur la colline, plongée dans ses pensées. Elle observait le ciel étoilé, se demandant ce qui lui était arrivé la veille. La voix qu'elle avait entendue lui avait semblé si réelle, comme si quelqu'un l'appelait à l'aide d'une manière mystérieuse. Personne – à part Asîfa – n'avait jamais communiqué avec elle auparavant. Elle se sentait intriguée et troublée en même temps. Alors qu'elle réfléchissait intensément, elle sentit soudain une présence derrière elle. Elle se retourna brusquement pour découvrir Zahra qui s'approchait discrètement, enveloppée par la lueur argentée de la lune. « Zahra, qu'est-ce que tu fais ici ? » chuchota Nour, surprise par sa présence inattendue. « Je n'arrivais pas à dormir. » avoua-t-elle.

Elle s'assit tout près de son amie. « Dis, ce plan secret que la reine prépare, tu penses que c'est quoi ?
- Je ne sais pas, Nour. Mais le fait qu'elle ait disparu comme ça me donne le sentiment que quelque chose de plus grand que nous se profile. Nous devrons être prêtes le moment venu.
- Oui. Mais je me demande quand même d'où elles viennent.
- Ah bon ?
- Oui ! Pourquoi ? ça ne t'a pas traversé l'esprit toi ?
- Oh, non... Je me disais que c'était juste une menace qu'il fallait éliminer, je ne m'interrogeais pas vraiment sur l'origine du problème. Ils ont fait assez de mauvaises choses pour mériter de disparaitre, non ?
- Je ne sais pas. Peut-être que la reine a une bonne raison de faire tout cela.
- Une bonne raison de plonger le monde entier dans l'ombre ?! Nour ! Ces créatures sont rompues au mal ! Il n'y a pas à discuter. Il faut les détruire.
- Je pense que tu as tort. Je suis désolée.
- Mais... Nour !!
- Arrêtez de vous disputer et laissez-moi vous raconter leur histoire. Ensuite, vous pourrez trancher.

Les deux filles se retournèrent, et virent Elle, debout derrière elles, deux tasses de thé au jasmin dans les mains. Il s'en dégageait une odeur délicieuse. « Tenez, leur dit-elle. C'est pour vous. » La vieille femme s'assit ensuite entre les deux filles, et leur conta l'histoire de la reine Samara des Ombres, et de ses guerriers. Elles avaient été créées en laboratoire par un scientifique machiavélique nommé Tadmir, qui avait cherché à dominer la planète en créant des créatures maléfiques. Ainsi, les Ombres étaient nées, un fléau que Nour et Zahra devaient absolument arrêter.

Quand l'histoire fut terminée, Nour remercia Elle, se leva, et retourna dans la cabane. Zahra et la guérisseuse la suivirent du regard, inquiètes. La jeune fille ne se sentait pas bien du tout. Elle avait des sueurs froides, et respirait difficilement. Elle s'affala sur son lit et entendit de

nouveau la voix de la veille. **« *Tu vas faire ce que je te dis, d'accord ?***

- *Oui,* répondit Nour malgré elle.
- ***Tu vas aller au Royaume des Morths. Tu vas attendre un jour là-bas. Puis tu vas partir et te rendre dans les montagnes de l'Ouest, récupérer l'épée, c'est clair ?***
- *A... A vos ordres.* »

Nour reprit ses esprits. Elle ne comprenait pas ce qui venait de lui arriver. *Peut-être qu'Asîfa teste une nouvelle façon de communiquer avec moi. Oui, c'est sûrement ça. Pas de quoi s'inquiéter.*

« N'en parle à personne jusqu'à ce que je te le dise, compris ?
- *Oui.* »

Chapitre 11

Finalement, au bout de quelques semaines et à la demande de Nour, les filles se sentirent prêtes à reprendre leur route vers le royaume des Morths. Elle, la vieille guérisseuse, leur offrit quelques provisions et une carte rudimentaire pour les orienter dans leur voyage. Elle leur souhaita du courage et leur conseilla de rester fortes et unies face aux épreuves qui les attendaient. Zahra et Nour quittèrent la cabane de la guérisseuse, le cœur rempli de reconnaissance envers cette femme qui les avait accueillies et soignées. Elles savaient que le chemin qui s'ouvrait devant elles était semé d'embûches, mais elles étaient déterminées à poursuivre leur lutte pour la justice et la liberté.

Elles marchèrent des jours durant, se guidant à l'aide de la carte. Elles parvinrent finalement en vue de la frontière du Royaume des Morths. Elles décidèrent de se mettre en route pour la capitale du Royaume, Morthrilianna. Arrivées là-bas, elles furent accueillies par le roi des Morths, Morthtrilion Ier. Le souverain les reçut avec une courtoisie et une bienveillance qui les touchèrent profondément. Il était vêtu d'une longue tunique brodée d'or et de pierreries, et sa couronne scintillait sur sa tête noble. Ses yeux bleus brillaient d'une lueur bienveillante et sa voix était empreinte d'un calme et d'une autorité naturelle. « Une vieille connaissance m'avait prévenue de votre arrivée. » leur avait-il dit-il.

Les Morths étaient une race ancienne et mystérieuse, leur peau était grise comme le granit et leurs yeux brillaient comme des saphirs étincelants. Leurs cheveux étaient faits de filaments d'or et ils portaient des vêtements ornés de pierres précieuses qui scintillaient à la lumière du soleil. Le royaume des Morths était situé au sommet d'une montagne escarpée, entouré de falaises abruptes et de cascades étincelantes. Les routes étaient pavées de marbre blanc et les jardins étaient remplis de fleurs aux couleurs vives et de fontaines d'eau cristalline.

Le Palais royal des Morths était un chef-d'œuvre architectural, ses tours élancées atteignaient les nuages et ses murs étaient ornés de mosaïques de pierres précieuses. Les jardins du Palais étaient un véritable paradis, avec des bosquets de roses parfumées, des étangs de nénuphars et des statues de marbre représentant les anciens rois et reines des Morths. À l'intérieur du Palais, les salles étaient somptueusement décorées de tapisseries tissées d'or, de lustres en cristal et de meubles sculptés avec des motifs complexes. Les trônes du roi et de la reine étaient incrustés de diamants et de rubis, et la couronne de cette dernière était faite de spinelles et de topazes étincelants.

Les Morths étaient un peuple fier et noble, et leur royaume était le reflet de leur grandeur et de leur splendeur. Certains disaient qu'ils possédaient des pouvoirs mystérieux qui leur permettaient de contrôler les éléments.

Nour et Zahra avaient été subjuguées par la grandeur et la magnificence du Palais royal. Une des servantes les conduisit à travers les somptueux couloirs du Palais. Les murs étaient ornés de fresques représentant des scènes mythologiques et historiques, les tapis étaient tissés de motifs complexes et colorés, et les lustres en cristal étincelaient de mille feux. Les colonnes de marbre blanc soutenaient les voûtes finement sculptées, créant une atmosphère de solennité et de grandeur. Les jeunes filles furent guidées à travers les dédales labyrinthiques du Palais, passant devant des salles de réception richement décorées, des bibliothèques remplies de livres anciens et des salons luxueux où des courtisans vêtus de soie discutaient animées. Enfin, elles furent menées à leurs suites, de somptueuses chambres qui reflétaient la grandeur et l'élégance du royaume des Morths. Les lits étaient ornés de draps de satin brodés d'or, les fenêtres offraient une vue imprenable sur les jardins du Palais, et les meubles en bois sculpté étaient incrustés de pierres précieuses. La chambre de Nour était particulièrement impressionnante. Les murs étaient recouverts de tapisseries de soie aux couleurs chatoyantes, les meubles en bois sombre étaient ornés de motifs magnifiques, et le sol était recouvert de tapis moelleux. Un grand baldaquin de voiles translucides surmontait le lit, et des fleurs fraîches embaumaient l'air. Une cheminée en marbre sculpté créait une ambiance chaleureuse et des tableaux magnifiques ornaient les murs.

Nour s'était senti reconnaissante envers le roi pour cet accueil chaleureux.

Mais dans son lit, la jeune fille se retrouva une fois de plus dans le même état qu'avant leur départ pour le Royaume, lorsqu'elles étaient chez Elle. **Tu vas rester ici un jour. Puis tu partiras seule pour les montagnes de l'Ouest, retrouver l'épée.** *Oui, à vos ordres.* Elle ne savait même pas pourquoi elle parlait comme ça. *C'est... bizarre. Pourtant, je ne me sens pas menacée. Qu'est-ce qui m'est arrivé ?* Zahra entra dans sa chambre, l'air enthousiaste. « Alors, Nour ? Qu'est-ce qu'on fait maintenant ?
- C'est à toi de me le dire.
- Eh bien... On pourrait se documenter ici sur la géographie du côté Ouest de Sathona. J'ai demandé tout à l'heure à une bibliothécaire, et elle m'a dit qu'ils avaient tout un rayon sur le sujet. Ils contiennent sûrement des infos sur la mer et la fosse ont a été jeté Asîfa. Après ce sera facile ! On ira, on la cueillera comme une cerise, et hop ! Fini la reine des Ombres !
- Oui. C'est un plan génial.

Elle ne pouvait révéler à son amie les instructions que lui avait délivré la voix. *D'ailleurs, c'est bizarre. Pourquoi est-ce que je n'entends plus Asîfa ? Asîfa ? Asîfa ?* Pas de réponse. « Zahra, je suis fatiguée. J'aimerais dormir s'il te plait.
- Ah ? fit-elle, surprise. Oh, d'accord. Ne t'en fais pas. Repose-toi bien, Nour. »

Elle jeta un coup d'œil inquiet à son amie et quitta la chambre.

Nour se pelotonna sous sa couette et s'endormit, troublée – et quelque peu inquiète quant à ce que l'avenir leur réservait maintenant que cette voix était là.

Nour, se trouvait dans une forêt sombre et lugubre, où les ombres semblaient s'étendre à perte de vue. Le vent hurlait à ses oreilles, emportant des cris déchirants et des lamentations. Elle entendait une voix sinistre résonner dans sa tête, lui disant des choses horribles, qui la rabaissaient, la faisaient souffrir.

Soudain, elle arriva devant un château en ruine. Les ombres tourbillonnaient autour d'elle. Elle entra et découvrit ses parents et son frère, piégés dans des cages d'absinthe. Ils la suppliaient de les sauver. « Nour ! Nour ! Aide-nous ! Sauve-nous ! » La jeune fille était pétrifiée. Elle ne pouvait pas faire un seul geste. Elle se sentit impuissante face à cette menace immense. La reine des Ombres apparut alors devant elle. Il émanait d'elle une aura de terreur et de mort. La reine des Ombres se moqua d'elle, lui lançant des regards brûlants de haine et de cruauté. Elle l'accusa de trahison, de faiblesse, de lâcheté. Nour tenta de les libérer, mais les cages de noires se referment sur eux, les enfermant à jamais, et les condamnant à une mort certaine.

La voix dans sa tête se fit de plus en plus forte, lui hurlant de les abandonner, de les laisser mourir. Des larmes de désespoir coulèrent sur les joues de Nour, alors qu'elle assistait impuissante à la mort de ceux qu'elle aimait. Le château s'effondra autour d'elle, les cris de ses proches résonnèrent dans ses oreilles, et elle se réveilla en sursaut, le cœur battant de terreur.

Nour resta un moment figée, tremblante et en sueur, hantée par les images de son cauchemar. Elle savait que la menace de la reine des Ombres était bien réelle, et qu'elle devrait affronter ses peurs les plus profondes pour protéger sa famille et ses amis. *Je vous promets que je vous sauverais. Tous.*

Le lendemain, Nour se réveilla avec une migraine et une fatigue inhabituelles. Elle s'habilla et sortit de sa chambre. La jeune fille errait dans les pièces spacieuses du Palais, lorsque Zahra débourla en courant dans l'armurerie qu'elle explorait. « Nour ! Enfin, je t'ai trouvée. Viens ! Il faut que tu voies ça.
- Voir quoi ?
- Une surprise ! Allez, suis-moi !

Zahra entraina Nour à travers les couloirs du Palais, l'excitation dans les yeux. Elle ouvrit une porte massive et pénétra dans une pièce richement décorée. Des tapisseries étincelantes ornaient les murs, des lustres en cristal réfléchissaient la lumière du soleil à travers de grandes fenêtres en verre dépoli, et un tapis moelleux recouvrait le sol.

Au centre de la pièce, sur une table en bois magnifiquement sculptée, se trouvaient trois pendentifs d'une beauté incomparable. Chacun était composé d'un petit cœur en spinelle rose, accroché à une fine chaîne en argent finement travaillée. Les pierres précieuses scintillaient sous la lumière, émettant des reflets roses et violets qui dansaient dans la pièce. Zahra sourit avec fierté, tendant un des pendentifs à Nour. « Regarde ce que j'ai fabriqué pour nous, dit-elle d'une voix surexcitée. Un petit souvenir pour nous garder unies, où que nous soyons. Et j'en ai fait un autre pour Yasmina, pour qu'elle sache que nous pensons à elle, même si elle est loin. «

Nour resta bouche bée devant la délicate attention de son amie. Les pendentifs étaient vraiment magnifiques, faits avec soin et amour. Elle leva les yeux vers Zahra, les larmes aux yeux. « C'est tellement beau, Zahra. Merci pour ce cadeau incroyable. Je ne sais pas quoi dire. « Zahra lui tendit le pendentif, l'encourageant à l'accrocher autour de son cou. « Nous sommes sœurs, Nour. Ces pendentifs sont le symbole de notre amitié. Toujours ensemble, quoi qu'il arrive. » La jeune fille prit le pendentif avec émotion, sentant la chaleur du geste de son amie envelopper son cœur. Elle le passa autour de son cou, sentant la pierre précieuse fraîche contre sa peau. « Merci, Zahra. » Bizarrement, elle se sentait de nouveau elle-même, comme si elle était partie très longtemps, sans possibilité de retour.

Les deux amies se regardèrent, un sourire complice sur les lèvres. Elles savaient que leur amitié était plus forte que tout, et que rien ne pourrait les séparer dans leur quête de justice et de liberté. Avec leurs pendentifs en spinelle rose autour de leurs cous, elles se sentaient prêtes à affronter l'avenir, main dans la main, prêtes à affronter tout ce que la destinée leur réservait.

Du moins, c'était ce qu'elles croyaient.

Soudainement, l'alarme du Palais retentit. Des garde se précipitèrent dans les couloirs, se dirigeant tous vers les portes principales. Nour et Zahra les suivirent, longeant les murs pour ne pas se faire faucher par cette marée de soldats armés. Des hurlements et des grognements sauvages se firent entendre brusquement. Plus elles approchaient des portes, plus les cris se faisaient entendre. *Pourquoi ai-je cette impression de déjà-vu ?* songea Nour. *Oh non... J'espère que ce n'est pas ce que je crois.* En arrivant aux portes, elle se figea... et faillit s'évanouir de terreur.

Une armée gigantesque, s'étirant jusqu'à l'horizon, faisait face au Palais. Derrière elle la ville était en ruine. Des flammes monstrueuses se dressaient au-dessus des toits et une horrible odeur de brûlé imprégnait l'air. Nour avait du mal à respirer. La fumée lui bouchait la vue. Puis une femme à la magnifique chevelure blonde et aux yeux bleu azur apparut. Sa robe rouge ondulait dans le vent. *Ces cheveux blonds, ces yeux bleu azur... On aurait dit la femme de mon rêve. La même. Exactement la même. Oh non. On est fichues.* La femme s'avança, et d'une révérence gracieuse, annonça d'une voix mélodieuse et envoutante : « Salutations à tous, chers esclaves. Je suis la reine Ghâzal du Royaume de la Meute de la Lune de Sang. Et je suis venue ici dans le but de vous anéantir, tous, sans exception. Préparez-vous à mourir. »

Les soldats se mirent en position de défense, prêts à sacrifier leurs vies pour protéger le roi et sa famille. Ghâzal le vit, et un sourire narquois apparut sur son visage. Elle reprit sa forme de Loup-Garou, et ordonna à ses troupes d'une voix monstrueuse et déformée : « Anéantissez-les tous ! Ne laissez aucun survivant ! » L'armée de loups fondit sur les troupes Morths. La collision se fit au milieu du champ de bataille, faisant voltiger corps de Morths et de loups. Nour et Zahra se regardèrent, et d'un même élan, se jetèrent dans la mêlée. Les soldats combattaient vaillamment, certains se relevaient même après avoir perdu leurs deux membres, pour user de leurs pouvoirs sur les loups. Mais malgré cela, l'ennemi ne battait pas en retraite. *Ils gagnent du terrain !* réalisa Nour avec effroi.

Les loups étaient presque arrivés aux portes du Palais. Nour se servit de ses pouvoirs pour ériger une barrière de lumière entre eux et leurs ennemis. Au début, elle tint, mais une forme sombre apparut à l'horizon, d'où des cris terrifiants s'échappaient. La reine Ghâzal se retourna, et poussa un cri de joie de bienvenue, auquel la chose lui répondit. « Bienvenue à toi, chère Nuée de Cendre ! » Non ! C'est... C'est la même que dans mon rêve ! Alors cette chose existe vraiment ? La Nuée de Cendre fondit sur la barrière de lumière... et la brisa en mille morceaux.

Après cela... ce fut le chaos.

Les loups bondirent, brisant les lignes de défense, s'acharnant sur les plus résistants, abattant de courageux Morths. *Il ne faut pas qu'ils gagnent ! Ils ne doivent pas gagner ! Nour* concentra toute son énergie pour produire un laser au rayonnement intense, qui carbonisa une grande partie de l'armée des Loups-Garous. Mais les soldats Morths étaient peu nombreux. Le champ de bataille était maintenant recouvert de cadavres sanglants, écrasés, défigurés. Certains avaient même été réduit en bouille à cause des picots tranchants de la Nuée de Cendre. *Ce n'est pas suffisant !* s'alarma Nour. *On va tous mourir !*

Alors que les Loups forçaient pour entrer dans le Palais, Nour sentit qu'on la tirait par derrière. « Nour, lui dit Zahra. Va-t'en. Fuis ! Tu es notre seul espoir si jamais nous perdons le combat.

- Nous l'avons déjà perdu ! Laisse-moi me battre à tes côtés !
- Non. Ce serait trop bête de notre part. Tu es la seule qui puisse trouver Asîfa et vaincre la reine des Ombres avec.
- ***Fais-le ! Fais-le ! Fais-le !***
- Mais, je... »

Nour jeta un regard aux soldats Morths qui se démenaient pour empêcher les loups de pénétrer dans le palais. « Oui, je vais le faire. »

Zahra sourit. « Il y a un accès à l'arrière de la salle où j'ai fabriqué nos pendentifs. Une servante me l'a indiqué tout à l'heure.

- Tu crois que le roi savait que nous risquions de nous faire attaquer ?
- Sûrement. Il devait avoir saisi l'importance de notre mission. Vite Nour, écoute moi nous n'avons plus beaucoup de temps.
- D'accord, dis-moi Zahra.
- Tu fouilles dans la grosse malle du fond, et tu trouveras une mollette. Tu tournes deux fois à gauche et quatre fois à droite. L'armoire dans la pièce va s'ouvrir, et tu pourras

passer par là. L'escalier mène tout en bas des montagnes. Vas-y, Nour ! Sauve nous ! »

Et elle la poussa vers le Palais. Elle eut juste le temps de se retourner pour voir Zahra, son amie, capturée par les Loups, qui s'acharnaient sur elle sauvagement. *Non... Pas toi. Pas Zahra...* Elle ravala ses larmes et poursuivit sa route, laissant derrière elle les loups, et son amie à leur merci. Nour courait, les larmes aux yeux, tandis que le son des hurlements et des combats résonnait encore au loin. Elle suivit les indications de Zahra et trouva l'accès à l'arrière de la salle. Elle trouva la mollette, tourna deux fois à gauche et quatre fois à droite, et l'armoire s'ouvrit comme brusquement. Elle s'engouffra dans le passage secret et descendit les escaliers en courant. Son cœur battait fort dans sa poitrine.

Elle émergea finalement à l'extérieur, entre les roches nues d'une plaine désertique. Nour regarda derrière elle, revoyant les Loups-Garous ravager le Palais, mais elle n'avait pas le temps de pleurer. Elle devait agir elle devait sauver les siens, elle devait vaincre la reine des Ombres. *Vais-je réussir ?*

- ***Tu vas y arriver, Nour. J'en suis sûre.***
- *Asîfa !* s'exclama-t-elle. *Où étais-tu passée ?*
- ***Je faisais mes recherches, comme je te le disais ! J'ai assez d'informations pour nous permettre de me retrouver, maintenant. Et je sais aussi pourquoi tu entends cette voix lugubre dans ta tête. C'est...***

Fais-le ! Fais-le ! Fais-le !

Oui, je vais le faire. J'en suis capable. Je le sais. Elle rassembla toutes ses forces, et décida de poursuivre sa quête. Elle était déterminée à trouver Asîfa et à mettre fin au règne de la reine des Ombres une bonne fois pour toutes.

Mais au fond d'elle, Nour savait que cette bataille ne serait que le début d'une guerre épique et dangereuse qui allait décider du destin de Sathona. Elle se promit de rester forte, de rester unie avec Zahra et Yasmina – même si éloignées d'elle – et de se battre jusqu'au bout pour la liberté et la justice. Car ensemble, elles étaient invincibles.